應用外語
34

翻譯理論：學習與思辨

五南圖書出版公司 印行

廖佳慧・著

序

在我眼裡，「翻譯」是很迷人的一件事。

寫序的這當下正聽著民謠歌手程璧重新演繹的〈花房姑娘〉，單單就著一把吉他，慢慢彈奏，柔柔唱來，與原唱崔健那搖滾的唱法與沙啞的嗓音，形成極大的對照與差別。程璧的「譯作」舒緩清新，崔健的「原作」激昂豪邁，兩首歌並置在腦海裡，好像是同一部作品有了不同的詮釋與解讀觀點。

「翻譯」或「重新詮釋」一直都帶給我很大的樂趣。

讀書的時候，有一課是陶潛（365-427）的〈桃花源記〉，一個描繪著理想世界的故事。這篇經典教材一直沒能引起我的興趣，直到許多年後接觸了王維（701-761）的一首七言樂府詩〈桃源行〉。〈桃源行〉取材自〈桃花源記〉，王維以詩歌方式「翻譯改寫」、「重新創造」了原本的敘事散文，源自同一個故事，卻像是兩個相互依存卻彼此獨立的文學個體。王維的「譯作」與陶潛的「原作」當然存在出入，而這「差異」讓我更進一步去認識原文，發現陶潛還作了五言古詩版的〈桃花源詩〉。即便都是陶潛所著，兩個作品還是有些差別的。緣著「桃源行」這件譯作，旋即又發現劉禹錫（772-842）與王安石（1021-1086）也都曾以詩歌形式改作過〈桃花源記〉，意旨精神雖相異，但與王維一樣，都把詩作命名為「桃源行」，揭示著「譯作」與「原作」之間的關聯。

　　當年香港電影在臺灣盛行的時候，我喜歡同時盯著字幕上的二行中英文翻譯。有時候戲裡的演員明明國語配音，但字幕卻出現粵語原文，我一邊忙著比對，一邊好奇著翻譯帶來的差異。

　　新加坡的電影更奇妙，字幕是中文（當地稱華語），但演員的臺詞其實融合了華語及閩南語、粵語方言，還夾雜了英語、馬來語、印度語等語言。有時候，華語的用詞與句型結構也跟我們習慣的方式稍有出入。

　　繼續之前，我想提一首新加坡當代作家長謠（1944-）的敘事詩〈發生在鄰家的事〉，講述兩個世代之間不同的價值觀，猶如兩個使用不同語言的文化體，缺乏對彼此的認識與了解。下文是詩中的四小節，描述固守華族文化的祖父母（Ah Gong與Ah Ma）過世後，後輩兒孫立刻拋卻傳統習俗的情景：

今早，我路過陳家
見老陳的孫兒在忙碌
書本雜物丟滿地
呀！那不是老陳生前的愛書？

到底發生什麼事
我連忙停步觀望
"Aaron, this book is Ah Gong's favourite
唐詩三百首，床前明月光"

"Throw away, so boring to recite
Ah Gong always forces me"
Aaron雙掌合十，臉向青天
"Ah Gong, I Don't like 明月光, sorry"

"Michelle, see this VCD, Ah Ma always says
陳三五娘 is better than delicious food
She always sings 潮州八景好流連
We say: 潮州 no good, durian is good"[1]

　　長謠這首詩展現出新加坡當地語言混融的特質，也反映出當地華族社會不同世代之間，對世界、對生活的不同認知與期待。對我來說，翻譯也像這首詩，融合古今中外等語言文化元素，以及不同世代價值觀之間的衝突歧異，但放在一起，可以形成一首意義深遠而美好可愛的小詩。

　　翻譯裡的「不同」、「不一樣」或「不一致」之處一直很吸引我的目光。「不同」無關優劣，純粹是兩者之間彼此不一樣而已。譯文與原文之間存在的「差異」（discrepancy）會讓我想知道「為什麼」——為什麼翻譯會形成差別跟歧異？背後的成因是什麼？跟不同的時空脈絡及文化背景有關聯嗎？翻譯帶來的「差異」一定不好嗎？一部作品或一位人物會「獲得翻譯」（get translated）應該有其特殊價值或特別吸引人之處，而在譯語接受環境中出現不同於原作的變化不也純屬自然？

　　「不一樣」引起我的興趣，那學生呢？他們願意認識翻譯嗎？我會在第一堂課問他們喜不喜歡翻譯，許多人會苦著臉、搖著頭說：「不喜歡！很無聊！」我總忍不住當場笑出來，我喜歡他們誠實的反應。再追問原因，得到的回答不外乎是「就一直翻譯啊！」、「一直背答案啊！」也許是傳統考試制度有「標準答案」的需求，侷限了他們主動思考與探索知識的欲望吧。於是，引起他們學習翻譯的興趣成了我教學工作上的趣味。

---

[1]　全詩見長謠：〈長謠文集〉，《新加坡文藝協會》，2017，<http://sgcls.hi2net.com/blog_read.asp?id=26&blogid=9699>。

　　在中學的英語文考試測驗中，翻譯題必有正確的標準答案，然而當學生進入快速變遷的多元社會裡，面對著當代各式各樣複雜而興盛開展的語言或文化現象，如何拋開過去管中窺豹的方式去看待翻譯，似乎成了重要的課題。

　　在翻譯學習的領域裡，「翻譯理論」或許就像是那艘浮在武陵水上的漁舟，帶領旅人緣溪逐水，慢慢地航向「翻譯」這座桃花源的入山小口。起初洞口也許狹窄曲折、幽深蒼黑，但再繼續前行，便能豁然開朗，看到落英繽紛的明亮景致。

廖佳慧

2017年5月

目　錄

第一章

翻譯理論的學習

爲什麼需要認識「翻譯理論」？

現代社會心理學大師魯文（Kurt Lewin, 1890-1947）肯定理論的價值，曾寫下這樣一句話：「沒有什麼比好的理論更實用。」（There is nothing so practical as a good theory.[①]）

但到底什麼是「理論」？是一門學說，還是一組實踐通則？理論跟實務之間眞的沒有距離嗎？每一門專業學科對理論都各自持有不同的定義與見解。在翻譯的領域裡，我們可以這樣描述理論：在不同文化背景下的不同歷史階段，學者建構了自己對於翻譯研究的思想與觀念，藉以了解、解釋翻譯現象、預測翻譯趨勢，成爲翻譯行爲與決策的依據。簡單地說，好的理論觀念可以反映實證觀察，可以應用在實務上。透過理論，我們甚至可以挑戰現存的翻譯知識，進一步擴大相關知識領域。翻譯理論不只闡述翻譯原則（principles），說明翻譯歷史的源流，描述翻譯行爲常規（norm）的發展過程，還包含了各種學派（schools）、模式（models）、型態（pattern）、典範（paradigms）與觀點（perspectives）。

看完上面這令人望而生畏的一段，對一些剛剛或正要接觸翻譯理論的讀者而言，可能只剩下「好抽象」、「好沉重」跟「好無聊」的感覺吧！

在繼續之前，讓我們先聊一下西洋占星術好了。星座是個有趣的日常話題，報章媒體與網路媒體上總會定期刊出星座專欄，每天的電視新聞跑馬燈也經常提供星座資訊，當成娛樂或社交參考指南。星座專家描述星座個性、說明不同星座的內外在表現方式，以及預測未來運勢。星座有十二種，每個星座都有所屬象限、代表圖像、性格特質與合適配

[①] Kurt Lewin, *Field Theory in Social Science: Selected Theoretical Papers*, ed. by Dorwin Cartwright (New York: Harper & Row, 1951), p. 169.

對。依據出生日期，人們分別被放進這十二種星座模式，歸納成風火土水四種象限。

　　將翻譯與星座相比擬的話，翻譯其實也經常在生活裡上演，存在國臺語之間、工作崗位的外籍客戶接待情境中，還有對某一事件的不同見解裡。翻譯活動就像是地球上的眾多人口，分為不同的種族與膚色，居住在不同的地域，擁有類似或相異的文化，說著不一樣的的語言。翻譯也有不同的「人種」，如：文學、科學、法律、醫學、商業等文種，這些文種又可粗略分成兩種「象限」：知性與感性文種，分別強調文本的知識層面與情感層面，就好比星座有十二種歸類，又可以劃分為風火土水四種象限一樣，各有不同的內外在表現方式，因此也需要不同的相處應對之道。為了認識這龐大的地球人口（即翻譯研究這門學問），我們需要藉助不同的了解工具，可以面對面接觸（直接動手翻譯），也可以透過星座知識（學習翻譯理論），而不同的星座名稱、符號、象限與特色，就像是各個不同的翻譯理論概念、範式與型態。星座專家依據十二星座特性解讀人的個性特質與行為模式，翻譯學者與工作者則憑藉不同的理論觀點與原則方法，思索、處理翻譯活動。當然，將星座與翻譯研究相比擬並不百分百吻合，但或許透過星座這道比較平易近人的「開胃菜」，可以讓我們比較容易接受理論，同時稍微解釋翻譯理論在翻譯活動裡的作用。

　　那麼，是不是學好理論就可以做好翻譯？不是說理論可以指導翻譯實踐？讓我們再以星座的譬喻自問一下：暫且不論全球將近七十五億的人口，臺灣二千三百萬人的個性與前途，是否能夠單單以十二星座解釋？每個人因不同的出生日期與時辰而擁有不同的星盤，再加上不同的成長年代、教育背景、工作環境、生活歷練與社交往來對象等因素，都會形塑出各式的人格特質，對生涯或未來的抉擇當然也會產生許多無法預知的變異，並不是只要隸屬於同一個星座，就會有類似或一模一樣的人生際遇。

　　同樣的，儘管翻譯理論希望能夠爲翻譯實務提供指導方針，卻不可能完全掌控文本翻譯工作的種種細節。翻譯理論可以當成重大決策參考的原則依據，幫忙辨識重要的變數與限制，但絕不是萬能。在一項翻譯活動中，文本內外需要考慮的變因若干，即使是同一類文本，也不可能一直固定由某個理論處理。甚至，若以不同的理論方法看待同一文本，我們就會得到不同的譯本結果。

　　翻譯理論的需要與價值在於給予我們不同的思考框架，也提供假設的基礎，但同時有概括解讀的限制，無法適用所有的翻譯文本與情境。例如：譯者是不是只一味追求「信達雅」，對所有的文本都務求忠實？背叛原文的翻譯就是失敗的翻譯？譯者是不是可以將「目的論」運用在所有的文本上，只有目的才是首要，原文意旨退居次位？譯者翻譯的時候，是不是只要專注原文的語言與文化層面就可以？譯本所處的「政經社文環」（政治、經濟、社會、文化、環境）角度能否選擇忽略？譯者是否不能在翻譯裡放進自己的詮釋？

　　古今許多翻譯高手，文采斐然、精翻妙譯，一輩子可能都沒有接觸翻譯理論，依然譯出令人激賞的文章。那麼，我們爲什麼要讀理論？翻譯理論引導譯者參與作品的詮釋，就像方便建築團隊進入建築物的鷹架，幫助譯者主動探索原文、形塑譯文。藉由理論這個鷹架平臺的輔助，我們可以站在不同的高度上，從不同的角度與方向，堆砌、修繕「翻譯」這棟建築物。理論鷹架並不是用來約束翻譯活動，反而是提供一個協助平臺，幫助譯者面對各種翻譯挑戰，探索翻譯的種種可能與限制。

翻譯與思辨能力

　　西元1970年代末，熱愛科技的英國喜劇科幻小說家亞當斯（Douglas Adams, 1952-2001）創作出至今仍廣為流傳的《銀河便車指南》（*The Hitchhiker's Guide to the Galaxy*）②，小說故事裡面有隻很神奇的黃色小魚，叫做「寶貝魚」（Babel Fish，又譯巴別魚），以生物的腦波為食，只要讓牠滑進耳朵裡，就能為宿主即時翻譯任何語言。有了這隻魚，語言與文化溝通都不是問題了。

　　這個聽起來像哆啦A夢百寶袋裡才會有的東西，已經走出幻想，進入現實世界。2016年底，美國一家消費電子產品公司推出一款智慧型翻譯耳機，英國一間新創公司也研發出內建翻譯軟體的無線耳機，這兩項語音翻譯裝置都可以偵測說話雙方的語言，為彼此進行同步口譯。有了這個即說即譯的科技產品，就像耳朵裡有了隻寶貝魚，可以立即消除語言不通的障礙，無論是旅遊或洽公，都變得輕鬆愜意。

　　這樣一來，翻譯還需要學習嗎？我們生活在如此便利的數位時代，無論位於地球哪個角落，隨時可以透過智慧型手機查詢不懂的外文。許多翻譯應用程式（APP）甚至可以在離線狀態下使用，支援語音與即時拍照翻譯。如果手機裡的翻譯軟體不夠用，上網登入所屬的社群網站，相信廣大的網友與鄉民會迅速提供答案，更別說已經問世的翻譯耳機了。

　　網路科技無所不在、無所不能，著實令人驚嘆。這些原本想像中的「翻譯蒟蒻」垂手可得，對3C產品嫻熟無比的「滑世代」年輕人，真

---

② 這是亞當斯一開始為英國國家廣播公司第四電臺（BBC Radio 4）所寫的廣播喜劇，於1978年播出，講述一名英國人丹特（Arthur Dent）躲過地球毀滅，與外星友人在宇宙中探險的故事。從原本的廣播劇形式開始，至今已改編過小說、漫畫、舞臺劇、有聲書、黑膠唱片、電視劇、電玩遊戲和電影等，深入英國大眾文化。小說在全球擁有廣大讀者，目前有30個以上的譯本，臺灣譯本由丁世佳翻譯，先後由時報文化（2005）與木馬文化（2016）出版。

的必須依賴學校學習知識嗎？也許有人會說，線上軟體翻譯出來的字句總是句構古怪、令人費解，因此我們需要學習各種翻譯技巧，讓譯文準確優美。但是，有多少人離開大學校門後，依然需要在生活或工作上親自翻譯，甚至是進行比較高階的語意理解？

　　那麼，我們為什麼需要學翻譯？在大學裡開設翻譯課的價值是什麼？學生又可以從翻譯課上帶走什麼？在新學年開始的第一堂翻譯課上，我總喜歡問學生三個問題：

　　　"What does 'translation' mean?"
　　　「什麼是『翻譯』？」
　　　"What makes a translator?"
　　　「譯者需要具備什麼條件？」
　　　"What do you expect to learn from this course?"
　　　「你們希望從這堂課學到什麼？」

這三個問題當然不會也不應該有標準答案，但是，大家可以藉著這三個問題「開始習慣」共同討論各自對翻譯的見解，提出對翻譯課程的期待，學著陳述自己觀點，同時也聆聽他人的看法。

　　在翻譯課程裡，主動表達與主動回應彼此的意見很值得鼓勵，甚至必要。學生向來習慣默默地抄寫筆記、安靜地被餵食答案，可能是羞於說出心裡想法，擔心「答案」遭到老師或同儕的否決，也可能是根本不願意開口。無論何者，對於他人的意見，特別是象徵權威的師長意見，我們真的可以毫無疑問地全盤接受嗎？還是不習慣、不善於、不勇於在課堂上思考？即使是這本書裡提及的翻譯理論、觀點、議題，我們也都需要主動思索、思辨，想想有沒有不合理或能夠反駁之處。

　　學習對許多人而言，就是「習慣」接受教導、背下內容，對單一的看法照單全收。但是，我們是否也該「習慣」在課堂上彼此互動，聆聽

不同的聲音，自在地交換意見？我們是否願意嘗試懷疑、反駁？

　　現實中的翻譯不是試卷上的題目，從來沒有標準答案，也沒有傳說中的翻譯公式可以套用，更不會有完美的版本。每個人的翻譯決定都會受到各自接觸環境的影響，所以，同一篇原文交給一百個譯者，很自然會有一百篇不同的譯文。如果我們能以開放的心態去聆聽、探索各式各樣譯作裡的不同觀點，自然可以促進自我重新思考。當然，聆聽、了解並不代表會全盤接收，甚至可能聽完了，選擇不相信。就像孟子說過的：「盡信《書》，則不如無《書》。吾於〈武成〉，取二三策而已矣。」

　　學習裡的思辨能力與獨立思考是很寶貴的事，與其對書裡的內容囫圇吞棗，我們可以學會如何依據知識與經驗，形成屬於自己的判斷。即使在面對權威的時候，都能夠勇敢自信地提出懷疑，避免遭受有心誤導。

　　舉兩個這本書裡會討論到的例子。嚴復的「信達雅」一直被奉為翻譯的金科玉律，但他本人從未說過這三個字是譯事標準或給譯者的指導原則，純粹是他譯完《天演論》後有感而發所撰。另外，翻譯界與宗教界人士普遍認為玄奘在翻譯理論上提出「既須求眞，又須喻俗」（翻譯要忠於原作、通俗好懂）的說法，然而，這八個字或許其實是民初文人梁啓超說的，他在介紹道安譯論「三不易」中的第一項翻譯困難時，截取大意而簡述而出的句子。有意思的是，這兩個翻譯「原則」或「理論」就這樣流傳直至今日，引起了關注，也受到廣泛的討論與應用，出現在學術文章、宗教典籍、翻譯課本與參考書中，甚至連翻譯社網站文宣中也曾出現。這些「誤會」成了有趣的翻譯議題，不管是分享看法或追溯出處，未嘗不是學習探索與思辨的好機會。

　　思辨能力（critical thinking，又譯成「批判性思考」）的訓練並非要將我們訓練成譯文挑錯專家，忙著指出各式各樣的誤譯。傳統翻譯訓練課堂上很常聽見的評論，總是帶著否定意味：

「這樣翻得不通順。」
「那裡措辭不優美。」
「譯文跟原文不一樣，翻錯了。」

翻譯學習不應該只是學會雞蛋裡挑骨頭，在錯誤中尋求完美譯文不是唯一的學習途徑。重點是，我們有沒有能力、有沒有信心「解釋」自己的觀點與原譯文間出現的歧異？還是一味以個人直覺與粗淺的第一印象來評斷譯文？排除「真的看錯」〔例如：將"liberty"（自由）看成"library"（圖書館）而錯譯〕、對原語文化了解不足而誤譯〔例如：在英國，"tea"一字除了泛指「茶」，也指藍領階層日常生活中的「晚餐」。〕或文筆欠佳等情況，「不通順」或「翻錯」的背後，真的是譯者對原文解讀錯誤，還是對原文解讀不同而被認定譯錯？另外，譯者有沒有其他顧慮？會不會是為了達到某種目的而故意使用的翻譯策略？是不是考量（甚至是受制於）種種因素，無可奈何下所產生的翻譯決定？還是特定時代背景下所形成的特殊情況？「譯錯」是不是就該大力抨擊？還是其實可以從不同的角度觀察「譯錯」帶來的後續效應？

　　民初文人林紓（1852-1924）在十九世紀末與二十世紀初之間翻譯了許多歐美文學作品，但他的翻譯向來引發諸多關於「忠實」的爭論。不懂外文的林紓必須仰賴他人協助，合作夥伴先口譯原文，林紓再以簡潔的古文體裁筆譯而出，這樣「接力」產生的譯文難免出現誤譯，因而林紓的翻譯成就向來毀譽參半。但透過他的小說譯作，當時的讀者多了一個認識西方生活文化的管道，而他的翻譯也影響了中國的有識之士。錢鍾書（1910-1998，作家）便是個實例，他喜歡讀林紓翻譯的小說，但有時候對走樣的譯文感到困惑，所以發憤學習外文，希望有一天能看

懂原著。③錢鍾書後來也成了有名的翻譯家，提出「化境」之說。儘管林紓有誤譯之過，但他的誤譯卻也意外造就了好的結果，而他引介外國文學的貢獻、「走樣」的譯文卻促進讀者努力向學，這不也是誤譯的另類正面影響？

　　思辨能力不是一逕地接收他人觀點，思辨能力需要主動思考、主動回應。思辨的訓練是要能夠依據掌握的事實，對譯文提出合理、不帶偏見的判斷。《思考技巧》（*Thinking Skills*）一書便提到思辨能力包含推斷（reasoning）、創意思維（creative thinking）與反思回顧（reflection），對於他人觀點不被動地接受，也不輕忽怠慢。思辨能力涉及處理問題時的態度，在面對所接受到的資訊（包含文字和言語）的時候，能夠不囿於成見，願意持平開放（fair and open-minded），積極探索議題（active and informed），在尚未全盤了解內容時，也不倉促論斷，同時，考量每一個論點時，抱持一定程度的懷疑態度（sceptical），且願意提出疑惑。思辨能力還需要獨立思想（independent thinking）。我們太習慣被告知、被灌輸、被教導要如何想、如何做，然而在取得、消化訊息後，我們能否向自己提出問題？在分析、評估資料後，我們夠不夠勇敢自信地說出自己的判斷？④思辨能力裡的懷疑精神讓人不輕易受到表象左右，在判斷與解決問題時，能夠明智、有理性。

　　本書重點並不在於收集若干翻譯習題與相對應的「理想譯本」，接著鉅細靡遺地分析翻譯策略，也不在於指出常見的翻譯錯誤以提供「正確譯法」。雖然從錯誤經驗當中學習翻譯技巧值得鼓勵，但更重要的

---

③ 童元方：《選擇與創造：文學翻譯論叢》（香港：牛津大學出版社，2009），頁202。

④ 「思辨能力」這部分譯寫自John Butterworth and Geoff Thwaites, *Thinking Skills: Critical Thinking and Problem Solving*, 2nd edn (Cambridge: Cambridge University Press), pp. 1-9。

是，個人能否自發地探索錯誤形成的因素或發生的背景，從中獲得自己的見解。即使有範例，書裡也不會出現「標準答案」，希望讀者別將參考譯文當作唯一的標準。學習需要個人自己去面對問題，因此書中關於翻譯的討論，也更傾向開放給讀者自行想像與摸索。

　　翻譯的討論需要彼此都可以大方坦然說出自己的意見，毋須擔心想法跟他人不一樣，害怕會冒犯別人。藉由思辨與獨立思考，再將翻譯理論應用在翻譯實作與題材上，便能形成不同的討論視角。例如：原文與譯文彼此之間的關係是從屬或各自獨立？文化政治脈絡會對翻譯行為與譯本造成什麼樣的影響？翻譯學者或翻譯工作者提出的看法要如何使人信服？古時形成的翻譯觀是否仍適用今日的翻譯任務？譯本的消費者會影響翻譯策略嗎？

　　翻譯討論題材信手拈來，但不會也不需要有標準答案。藉此，翻譯的討論可以更開闊，跳脫文本之外，延伸出更多元的議題，接觸到不同的觀點。如此一來，翻譯的學習才不會一直侷限在譯文挑錯、誤譯分析與忠實與否的窠臼裡，拚命執著如何才能提升翻譯標準與層次。

譯事・譯者

　　因為語言溝通的障礙，翻譯於是因應而生。

　　在西方，翻譯跟語言混亂有關。《聖經・創世紀》裡記載了一個故事：地球上的人類曾經說著同一種語言、寫著同一種文字。有一天，人類想要造一座城跟一座直入天際的高塔，藉以揚名四海並團結眾人。上帝來到人間，打亂了人類的語言，讓他們難以相互溝通，還將他們分散地球各地。通天塔的建築當然也就被迫中斷。這座塔就叫做「巴貝爾塔」（Babel Tower，又譯「巴別塔」），代表上帝打亂了地球上的語

言。⑤於是，曾經彼此溝通無礙，擁有共同語言的人類開始需要翻譯，爾後，翻譯活動更與文化接觸密不可分。

　　關於西方的翻譯歷史與論述發展，英文文獻紀錄通常從古羅馬時期開始，詩人霍瑞斯（Horace, 65-8BC）與演說家西賽羅（Cicero, 106-46BC）是當時翻譯論述的代表人物。兩人均強調翻譯時要「以意換意」（sense for sense），避免「以字換字」（word for word），認為譯文的美學標準勝過嚴格的忠實概念，譯者勿像奴隸一般地緊跟原文、模仿原文。⑥兩人的翻譯觀對後來的西方譯論發展有相當重要的影響，也延伸出更多圍繞於上述兩觀點的後續論辯，直至今日。

　　西方的翻譯活動與論述歷經不同時期與階段，持續開展至今。⑦然而，翻譯作為一門學問而言，卻是近代的事。1970年代，一小群分別來自歐洲大陸、英國與以色列的學者齊聚討論「翻譯」這個新興跨學科的研究領域。⑧

---

⑤　The Holy See, 'The Book of Genesis', *Vatican City State* (2017) <http://www.vatican.va/archive/bible/genesis/documents/bible_genesis_en.html#Chapter 11>.

⑥　Susan Bassnett, *Translation Studies*, 4th edn (London: Routledge, 2014), pp. 54-55. 中文版見蘇珊・巴斯奈特著，林為正譯：《翻譯研究：理論、簡史與實務》（臺北：五南，2016），頁50-51。

⑦　關於自古羅馬時期至二十世紀的西方翻譯理論簡史，見蘇珊・巴斯奈特著，林為正譯：《翻譯研究：理論、簡史與實務》（臺北：五南，2016），第二章。

⑧　這群學者包括伊凡佐哈（Itamar Even-Zohar, 1939-）、霍姆斯（James S. Holms, 1924-1986）、勒菲弗爾（André Lefevere, 1945-1996）、蘭伯特（José Lambert, 1941-）、圖瑞（Gideon Toury, 1942-2016）與巴斯奈特（Susan Bassnett, 1945-）。

在1976年於魯汶舉行的一場學術會議上，出身比利時的翻譯理論學者勒菲弗爾（André Lefevere, 1945-1996）主張翻譯不是比較文學或語言學的分支，而是獨立的學科，他提出「翻譯研究」（translation studies）這個名稱，探索與翻譯相關的問題與議題。時至今日，這群在翻譯研究領域裡深具影響力的學者，一直致力在高等教育裡努力開拓這門學問。

當中一名成員是英國當代著名的翻譯理論學者巴斯奈特（Susan Bassnett, 1945-），她在1980年出版了《翻譯研究》（*Translation Studies*），每隔十年便修訂一次，在翻譯研究領域中深具影響，是重要的入門書籍，臺灣也終於在2016年首度發行中譯本。[9]巴斯奈特在〈第四版台灣中譯本專序〉裡提及，翻譯研究等同地重視翻譯活動的宏觀面向（如：文化議題與媒介）與微觀面向（如：譯本產生的實際機制）。[10]也就是說，翻譯研究探討各種翻譯現象，也重視實際的文本翻譯操作，在這當中，古今中外的翻譯論述提供不同觀點與思考方向，為翻譯理論的形成與翻譯實踐盡一份力。巴斯奈特在序裡也特別提到，翻譯研究發源自歐洲，而往後十年將輪到亞洲的翻譯研究大放異彩。[11]

在中文的世界裡，翻譯人員或譯者這個工作最早可以追溯到周朝。

《周禮·秋官·司寇》便提到當時的外交翻譯官職「象胥」：「象胥，掌蠻夷閩貉戎狄之國，使掌傳王之言，而諭說焉。以和親之，

---

[9] 蘇珊·巴斯奈特著，林為正譯：《翻譯研究：理論、簡史與實務》（臺北：五南，2016）。此翻譯為原文最新修訂版譯本。
[10] 同前註，頁3。
[11] 同前註，頁4。

若以時入賓，則協其禮，與其辭言傳之。」⑫「象胥」是專門負責與周邊藩屬國（少數民族）聯絡邦交事宜的官員，工作內容是傳達本國大王的信息，拉近兩國距離。若有外使來訪，就協助溝通不同的禮儀文化，並「與其辭言傳之」，即擔任翻譯工作。

《禮記・王制》更明白寫著：「五方之民，言語不通，嗜欲不同。達其志，通其欲，東方曰寄，南方曰象，西方曰狄鞮，北方曰譯。」⑬「寄」有傳寄訊息之意；「象」就是像，求意思的傳遞相似、仿象；「鞮」意謂知道，「譯」同「易」，表示換易、轉換訊息。不同的部落與國家人民，有著不一樣的語言、不一樣的嗜好，彼此之間若要溝通交流，便需要翻譯人員。「鞮譯象寄」便是當時通譯語言的人，分別懂得東西南北四方的「外語」。

漢朝經常與外族往來，特別是北方匈奴。《漢書・百官公卿表》裡記載了漢武帝時設有「九譯令」的典屬國官職，能翻譯多種語言，負責少數民族之間的轉譯工作。⑭

宋元時期，中土與北方民族戰役頻傳，翻譯人員的設置自是必要，當時負責北方傳譯的人員即稱「通事」。周密（1232-1298，南宋詞人）在《癸辛雜識》裡寫著：「譯者，今北方謂之通事。南蕃海舶謂

---

⑫　〈古今圖書集成〉，《中華文明百科全書》（2017）<http://120.106.195.1/chinesebookweb/home/content_level01.asp?cmd=search&seaTyp=vwTxt&hb=1&d=3&b=0&v=10&c=1&t=92>。

⑬　王夢鷗註釋：《禮記今註今譯（上冊）》（臺北：商務，1992），頁231。

⑭　〔東漢〕班固：〈漢書・百官公卿表〉，《中國哲學書電子化計劃》（2006-2017）<http://ctext.org/han-shu/bai-guan-gong-qing-biao/zh>。

之唐舶。西方蠻猺謂之薄義，皆譯者名也。」[15]

　　今日慣稱的「翻譯」一詞則因古代印度佛教東傳中國而出現，亦作「繙譯」，原是「轉梵語而成漢言」的意思。[16]最早的「翻譯」用詞紀錄可以在慧皎的《高僧傳・佛馱什》裡看到：「先沙門法顯於師子國得《彌沙塞律》梵本，未被翻譯，而法顯遷化。」[17]《隋書・經籍志》裡也有提及「翻譯」用例：「至桓帝時，有安息國沙門安靜，齎經至洛，翻譯最爲通解。」[18]西元二世紀左右，在東漢桓帝時期，安息國（今伊朗東北地區）沙門安靜攜帶佛經到洛陽，他的翻譯最爲通徹理解。

---

[15]　〔南宋〕周密：〈癸辛雜識・後集〉，《中國哲學書電子化計劃》（2006-2017）<http://ctext.org/wiki.pl?if=gb&res=251538&searchu=通事>。

[16]　丁福保編：《佛學大辭典》（臺北：佛陀教育基金會，2004），頁2830。

[17]　〔梁〕釋慧皎：〈高僧傳卷第三〉，《漢文大藏經》（2017）<http://tripitaka.cbeta.org/T50n2059_003>。

[18]　〔唐〕魏徵等：〈隋書・經籍志〉，《漢文大藏經》（2017）<http://tripitaka.cbeta.org/B17n0091_005?order=title&sort=asc>。

第二章

中西翻譯理論

佛經裡的翻譯原則

宗教典籍翻譯在當代主流的翻譯理論當中，一直沒有得到足夠的重視，但在世界文明發展的旅程上，宗教其實扮演著舉足輕重的角色，一如《聖經》之於西方文明、《可蘭經》之於中東人民，與佛經之於亞洲社會。

佛經翻譯不僅對華人的文明發展史有相當大的影響，在中國翻譯歷史與翻譯理論上也占有重要位置。原始佛典的編撰一般都認為以梵文與巴利文統一書寫，但《四分律》記錄了一段佛陀的開示，提及曾有婆羅門比丘想要以慣用的梵語書寫佛經，認為梵文、梵語比其他文字語言優雅準確，最能表達佛理，但佛陀的答覆是：「聽隨國俗言音所解誦習佛經。」[1]佛陀認為理解佛法要順隨各國語言，包含官方語言與各地方言。換句話說，梵文不是記錄佛法的唯一語言，佛法需要經由不同的語言，透過翻譯，才能流傳各地。雖然梵文的確是當初佛經使用的主要語言，但複雜的梵文，無論是文法、聲音、書寫都與中文迥然相異，語言障礙和文化隔閡，在在加深了佛經翻譯的困難。《高僧傳·安清傳》便記載了這段文字：「天竺國自稱書為天書。語為天語。音訓詭蹇與漢殊異。先後傳譯多致謬濫。」[2]其實，讀者只要使用 Google 圖片搜索 "Sanskrit"（梵文）或透過 YouTube 聽一下梵語發音，大概也會認同「天書」、「天語」的說法，體會佛經翻譯的艱鉅任務。

佛經翻譯是中國歷史上較大規模的翻譯活動，魏晉南北朝（約三至六世紀）時期開始發展，隋唐（約六至十世紀）到達全盛，宋元（約十

---

[1] 佛陀耶舍與竺佛念等譯：〈四分律卷第五十二〉，《漢文大藏經》（2017）<http://tripitaka.cbeta.org/T22n1428_052>。

[2] 〔梁〕釋僧祐：〈出三藏記集傳上卷第十三〉，《漢文大藏經》（2017）<http:// tripitaka.cbeta.org/T50n2059_001>。

至十四世紀）之後式微。在這長達一千多年的時間裡，當然也出現許多著名的高僧譯師，代表人物有道安（312-385）、鳩摩羅什（344-413）以及玄奘（602-664）等人。他們在實踐工作中提出各自的翻譯觀。

道安的「五失本，三不易」

　　魏晉南北朝名僧道安並不諳梵文，但他以自身名望召集當時的國內外僧人，共同翻譯佛經。道安傾向「直譯」手法，崇尚譯文的確實暢達。為了確保原著精神與風格，避免佛理質變，他主張譯文必須質樸無華，反對過度的文辭巧飾與任意增減內文。道安以「葡萄酒之被水者也」[3]來比喻不忠實的翻譯就像摻了水的葡萄酒，原味盡失。他提出「五失本，三不易」[4]的譯論。

　　「五失本」指的是翻譯過程中，有五種情形無法與原典一致，造成原典文本與語體特色的佚失：

一、句法倒裝：梵文的詞序語法須調整以遷就中文結構。
二、好用文言：魏晉時期的文風華麗，文句詞藻過於注重修飾。
三、刪去反覆詠嘆之語：隨意刪略原文裡重複吟誦部分。
四、去一段落中解釋之語：任意刪除原文裡解釋說明部分。
五、刪去後段覆牒前段之語：刪掉開啓新話題時，重複提到前文的部分。

---

[3] 季羨林：《佛教十五題》（臺北：五南，2014），頁207。
[4] 梁啓超：《佛學研究十八篇》（南京：江蘇文藝，2008），頁155。因道安的原文為古文體，為方便現代讀者理解，這裡採取梁啓超對「五失本，三不易」的簡述，本書作者在其後加以解釋。

「三不易」指的是譯經時的三種困難：

一、既須求眞，又須喻俗：因爲時代背景差異，要改古適今，讓現
　　代人懂得古籍，取捨之間並不容易。

二、佛智懸隔，契合實難：佛經的深奧要讓一般百姓理解接受，並
　　不容易。

三、去古久遠，無從詢證：佛經原本由久遠以前具有神通的佛弟子
　　編撰而成，如今要讓一般凡夫翻譯解說，並不容易。

　　道安對翻譯的見解點出了翻譯的困難。「五失本」是他對原典講究
忠誠眞實的堅持，「三不易」則是他在翻譯的實際工作中，體會到原作
者、譯者與讀者三方之間的協調與侷限。道安考量到「時俗有易」（舊
時原文語境與今日譯文語境的差異變遷），他與其他僧人（譯者）在
拿捏佛陀（原講者／原作者）與信衆（譯文的聽衆與讀者）之間的信息
時，在傳達與解釋佛理（翻譯目的）一事上，的確感受到譯事的種種不
容易。

鳩摩羅什的「刪繁就簡」

　　與道安同時代，相互仰慕卻因戰亂始終緣慳一面的鳩摩羅什，是
龜茲（今新疆庫車）與天竺（今印度）混血的外來僧，梵漢皆通。許多
文壇人士（如：蔣勳、郝明義）喜歡讀的《金剛經》便爲他所譯，廣爲
大衆持誦的《法華經》與《阿彌陀經》亦出自其手。《金剛經》的英
譯本甚至影響了美國著名小說家與詩人凱魯亞克（Jack Kerouac, 1922-
1969），讓他創作出充滿佛教哲學色彩的《達摩流浪者》（*The Dharma*

Bums, 1958）。⑤

　　對鳩摩羅什而言，翻譯跨越兩國語言與文化，並非易事。他曾感嘆，不同的文體一經翻譯便失去了原來的味道，雖得到了大概的意思，卻好像一口飯，自己先咀嚼過了，再讓別人吃，不僅失去原味，也令人感到噁心：

> 天竺國俗，甚重文製，其工商體韻，以入絃爲善……但改梵爲秦，失其藻蔚，雖得大意，殊隔文體，有似嚼飯於人，非徒失味，乃令嘔穢也。⑥

鳩摩羅什體認到翻譯的限制，惋惜原文（印度文）的音韻特質與華麗詞藻在譯文（中文）中無法盡數呈現。然而或許因此限制，他將翻譯重心轉到「得大意」上面，以傳達原意爲主，不強求原文形式，必要時，甚至會採取「刪繁就簡」的作法，但力求保留原文旨意。梁啓超（1873-1929）就說過，鳩摩羅什無論對原文採取或刪略或增添的方式，總是在裁剪中，戰戰兢兢、嚴謹審愼地保留原文旨意：「凡什公所譯，對於原本，或增或削，務在達旨……什譯雖多剪裁，還極謹愼。」⑦

　　在翻譯手法上，後人一致認爲鳩摩羅什主張「意譯」。知名東方語言學家季羨林（1911-2009）說，佛經在傳入中國後一直採取直譯方式，直到鳩摩羅什的出現，才有了改變。⑧胡適（1891-1962）認定鳩摩羅什「反對直譯」，認爲他的譯本之所以能夠持續流傳千年之久，是因

---

⑤ 中譯本見傑克・凱魯亞克著，梁永安譯：《達摩流浪者》（臺北：臺灣商務印書館，2001）。

⑥ 〔梁〕釋慧皎：《高僧傳》（臺北：佛陀教育基金會，2006），頁39。

⑦ 梁啓超：《佛學研究十八篇》（南京：江蘇文藝，2008），頁156。

⑧ 季羨林：《佛教十五題》（臺北：五南，2014），頁208。

為他不會將原文直譯成令讀者覺得生硬的「外國話」。[9]翻譯理論家謝天振（1944-）也認為鳩摩羅什在翻譯文體上，為了方便中文讀者的接收理解，一改前人樸拙直譯方式，採取達意譯法：

> 他提倡意譯，主張只要不違原意，則不必拘泥於原文形式，在存真的原文指導下不妨「依實出華」，講究譯文的流暢華美。[10]

依照上述學者的看法，鳩摩羅什譯經極重視讀者與在地化。換句話說，鳩摩羅什的譯本之所以能夠一直流傳至今、廣受歡迎，是因為他考慮讀者的語言使用習慣，而非原封不動地將原文翻譯出來。他盡力以簡潔流暢的翻譯方式與達意通順的中文，將原文經典介紹給中文讀者，即便譯事困難，也努力讓譯文適合當時的中土民情。

玄奘的「五不翻」音譯原則

　　與鳩摩羅什並列「四大譯師」[11]的玄奘，因《西遊記》裡的唐僧角色而聞名華人世界，世稱「唐三藏」。玄奘西行印度取經十七年，回到長安後將畢生精力投入譯經事業，注重譯文的精確信實，要求譯文必須忠於原文。玄奘翻譯的佛典在佛學學術研究裡占有一席之地，頗受學者重視。

---

[9]　胡適：《白話文學史》（臺北：遠流，1986），頁171。
[10]　謝天振：《中西翻譯簡史》（臺北：書林，2013），頁65。
[11]　另外兩名是真諦（499-569）與不空（705-774），也有一說是義淨（635-713）。

在翻譯策略上，玄奘似乎融合了「直譯」與「意譯」。依季羨林之見，玄奘反對鳩摩羅什刪略原文的做法，主張忠實地翻譯原文，但他的翻譯風格也非以直譯或意譯歸類，而是「融會直意自創新風」。[12]葉子南也認為玄奘兼顧直譯與意譯，能夠確實表達佛經原文的意旨。[13]胡功澤則認為玄奘偏向直譯，翻譯風格承襲道安的直譯方法，譯文並不容易讀懂。[14]這或許也說明了為什麼玄奘的譯作中只有《般若波羅蜜多心經》（簡稱《心經》）較為普羅大眾熟悉。

玄奘從翻譯實踐與經驗中提出「五種不翻」的音譯處理方式，避免意譯造成佛經術語或專有名詞在譯文中出現失誤：

> 一祕密故，如陀羅尼。二含多義故，如薄伽梵具六義。三此無故，如閻浮樹，中夏實無此木。四順古故，如阿耨菩提，非不可翻，而摩騰已來常存梵音。五生善故，如般若尊重，智慧輕淺。[15]

這段文字的意思是說，翻譯時如果遇到下列五種情況，便選擇譯音不譯意，以免失去經文裡的特殊意義：

一、祕密故：含有神祕色彩的詞（如：咒語「陀羅尼」）。
二、多含故：含有多重意義的詞（如：「薄伽梵」一詞含有六種意義）。

---

[12] 季羨林：《佛教十五題》（臺北：五南，2014），頁210。
[13] 葉子南：《英漢翻譯理論與實踐》，第二版（臺北：書林，2013），頁147。
[14] 胡功澤：《翻譯理論之演變與發展》（臺北：書林，1994），頁42。
[15] 季羨林：《佛教十五題》（臺北：五南，2014），頁210。

三、此無故：在譯語環境中沒有的事物（如：「閻浮樹」）。

四、順古故：遵循習慣，沿用舊譯（如：「阿耨菩提」），避免新譯產生混淆。

五、生善故：某些詞彙透過音譯能讓人心懷尊敬，例如：「般若」，若意譯成「智慧」便容易忽略、不以為意。

　　玄奘的音譯並不是只能運用在佛經翻譯的領域裡。在現代，科技翻譯與醫學翻譯常見到音譯的處理方式，以接近英文讀音的中文字譯出專業術語，例如："radar"（雷達）、"hertz"（赫茲）、"morphine"（嗎啡）、與"Vaseline"（凡士林）等。

　　玄奘的「五不翻」音譯原則，的確可以解決譯事難題，也成功保留原文裡的文化特色。然而讀者可能會產生疑問：「翻譯不就是要傳達訊息，讓讀者透過譯文了解原文嗎？忠實了原典，卻使譯文讀者陷入困惑，不也產生了文化屏蔽？宗教若要向普羅大眾傳播，是否也需要考慮在地化的策略，讓譯文符合當地民情及用語習慣？」雖然音譯較意譯容易，也能為本地文化引進新概念或新語彙，但在表達詞彙的意義上，很少能與意譯一樣清楚明白，容易令讀者感到困惑。

　　玄奘的譯場當時為熟知佛法的僧團及王室朝廷翻譯，除了傳遞經文意義，必然還有翻譯之外的諸多考量。但在二十一世紀的今天，「五不翻」音譯原則是否仍須奉行不渝？如果當時玄奘訂下的原則是「五要翻」，佛經翻譯又會給我們現在的生活帶來什麼不同的影響？

　　佛經其實與今日的臺灣俗世社會密不可分，傳統的道教與佛教喪禮上總免不了有法師誦經，如果大家聽到的不是「阿彌陀佛」，而是「無量光無量壽」，或是《心經》末句的「揭諦揭諦，波羅揭諦，波羅僧揭諦，菩提薩婆訶」改誦成「去吧！去吧！到彼岸去吧！大家都到彼岸去吧！讓生命圓滿覺醒！」，不曉得會不會減少大家對經文的疏離感，在冗長的儀式中，不至於一路呆坐，等待法師誦經結束吧？

同樣的，在天主教或基督教裡，如果"Hallelujah"（哈利路亞）當時便意譯爲「讚美神」或「讚美上主」，含有多重意義的"Amen"（阿們）也依據上下文意，因應譯出忠信、贊同與確實如此或口語的「我也是」等意，不知又會給《聖經》的流傳與翻譯帶來什麼樣的發展變化？

翻譯三原則

嚴復

西方思潮的引進對近代中國影響極大，在清廷積弱不振的時代背景下，爲了改變國家命運，當時有不少知識分子體認到向西方取經的必要，於是紛紛投入翻譯活動，引介當時重要的外國思想著作，並從實際的翻譯工作中提出個人的翻譯觀。當中最知名的譯論應屬嚴復（1854-1921）提出的翻譯難事「信達雅」，至今仍備受關注。

嚴復於1897年開始在報上連載刊登他譯自英國生物學家赫胥黎（Thomas Henry Huxley, 1825-1985）的《天演論》（*Evolution and Ethics*），1905年由商務印書館出版時，他在譯序〈譯例言〉中說明了翻譯心得：

> 譯事三難信達雅……故西文句法。少者二三字。
> 多者數十百言。假令仿此爲譯。則恐必不可通。
> 而刪削取徑。又恐意義有漏。此在譯者將全文神
> 理。融會於心。則下筆抒詞。自善互備……凡此
> 經營。皆以爲達。爲達即所以爲信也……故信達
> 而外。求其爾雅。此不僅期以行遠已耳。實則精

理微言。用漢以前字法句法。則爲達易。[16]

　　嚴復用短短三個字說明了翻譯過程中會碰到的困難。依他所見，爲了將原文的內涵主旨妥善地傳達給讀者，譯文得忠於原文、追求準確，還要通順合理、明白易懂，更要注意文采修飾。

　　由於原語（英文）與譯語（中文）之間的語文結構差異造成了翻譯困難，因而「信」（忠實）與「達」（通順）之間的取捨並不容易。所以，譯者必須充分理解原文，將全文融會貫通之後，再以通順達意的方式譯出原文，自然可以忠實傳達原文旨意。至於「雅」，在古文與白話之間，嚴復選擇以先秦古體翻譯，他認爲唯有透過典雅的文體才能讓譯文不斷地流傳後代，也才能打動當時的知識階層，達到社政改革的目的。但要做好這三件事，可就大費周章了。

　　以下截取一小段《天演論》的原文與嚴復的譯文，了解他的翻譯風格與翻譯過程中面臨的困難：

原文：

It may be safely assumed that, two thousand years ago, before Caesar set foot in southern Britain, the whole country-side visible from the windows of the room in which I write, was in what is called "the state of nature." Except, it may be, by raising a few sepulchral mounds, such as those which still, here and there, break the flowing contours of the downs, man's hands had made no mark upon it; and the thin veil of vegetation which overspread the broad-

---

[16] 赫胥黎著，嚴復譯：《天演論》（臺北：臺灣商務，2009），頁15-16。

backed heights and the shelving sides of the coombs was
unaffected by his industry.[17]

譯文：

赫胥黎獨處一室之中。在英倫之南。背山而面
野。檻外諸境。歷歷如在幾下。乃懸想二千年
前。當羅馬大將愷徹未到時。此間有何景物。計
惟有天造草昧。人功未施。其藉徵人境者。不過
幾處荒墳。散見坡陀起伏間。而灌木叢林。蒙茸
山麓。未經刪治如今日者。則無疑也。[18]

　　先不論嚴復使用的古文體對今日讀者造成的閱讀障礙，在仔細比對
中英文內容之後，讀者恐怕會認定嚴復扭曲原文，違反「信」的原則。
下面是另一個直譯版本，雖然「翻譯腔」濃厚，但較為貼近原文句意，
方便與嚴復的譯文相對照：

　　　　可以有把握地假定，二千年前，在凱撒到達不列
　　　　顛南部之前，從我正在寫作的這間屋子的窗口，
　　　　可以看到整個原野是處在一種所謂「自然狀態」
　　　　之中。也許除了就像現在還在這裡或那裡破壞著
　　　　連綿丘陵輪廓的為數不多的一些壘起的墳堆以
　　　　外，人的雙手還沒有在它上面打上標記。籠罩著
　　　　廣闊高地和峽谷斜坡的薄薄的植被，還沒有受到

---

[17] Huxley, Thomas H., *Evolutions & Ethics and Other Essays* (London: Mac-
millan, 1895), p. 1.
[18] 赫胥黎著，嚴復譯：《天演論》（臺北：臺灣商務，2009），頁3。

人的勞動的影響。[19]

　　然而在以為嚴復胡亂翻譯前，我們需要考量到「信達雅」形成的時代背景。嚴復年輕時曾留學英國，當時的英國正處於社經穩定繁榮的維多利亞時期（1837-1901），達爾文（Charles Darwin, 1809-1882）與赫胥黎等人的思想學說正風行。甲午戰爭（1894）之後，清廷戰敗，對日本割地賠款，身為知識分子又留洋的嚴復，懷著憂國憂民的時代使命感，開始翻譯外國的書籍文章，企盼藉著「物競天擇，適者生存」的學說理論以革新國內社政，拯救當時思想封閉且國勢衰弱的中國。因此，嚴復翻譯時並未完全依照原文，而是選擇所需內容翻譯。

　　在文字風格上，嚴復採取古文體裁也有其考量，他鎖定的讀者群是多讀古書的統治階層。他認為朝廷官員才是主導國家命運的人，唯有引起他們閱讀的興趣，才能改革國家。顯然，嚴復的譯文並不能只單一地從「誤譯」或「失真」的角度考量，翻譯的目的與讀者都會影響譯者如何選擇翻譯方法與譯文走向。

　　不過，嚴復的翻譯風格以及堅持以古文體裁譯書的做法卻為他招致批評。與他同時期的文人梁啓超（1873-1929）便認為翻譯應該是要將文明思想傳達給人民，而不是建立個人的不朽名譽，嚴復刻意模仿漢代之前的古文體，過於深奧典雅，不夠白話，如何能讓一般大眾受益？[20]

　　直到今天，後人持續將嚴復的「信達雅」視為翻譯的要求、原則、方法、標準或理論，如金科玉律般，完美而不能違背。可是，「信達雅」只是嚴復譯完《天演論》後的個人心得感想，他從未在譯序中強

---

[19] 譯文出自宋啓林等：《進化論與倫理學》（北京：北京大學出版社，2010）。此處引文摘錄自〈部分導讀〉，《台灣Wiki》<http://www.tw-wiki.com/wiki/《進化論與倫理學》>。

[20] 馬祖毅：《中國翻譯簡史》（北京：新華，1984），頁263-264。

制要求後來的譯者必須將「信達雅」奉爲圭臬。嚴復甚至在譯序的首段
後半便提醒大家不要盲從他的譯法：

> 譯文取明深義。故詞句之間。時有所傎到附益。
> 不斤斤於字比句次。而意義則不倍本文。題曰達
> 恉。不云筆譯。取便發揮。實非正法。什法師有
> 云。學我者病。來者方多。幸勿以是書爲口實
> 也。[21]

　　《天演論》可以視爲追求原文主旨的譯述作品，嚴復的譯文著重
原文精神，而非字句，因此翻譯時會斟酌情況，增刪、顛倒或調整文詞
句序。只要譯文主旨不違背原文，譯者可以見機行事，不須執著原文結
構，也不用按字直譯，因此，他不說「翻譯」，說「達旨」。

　　然而嚴復自認這樣的翻譯方法並不正確，於是引述佛經譯師鳩摩羅
什（334-413）所說的「學我者病」，提醒後人別輕易模仿他的古文意
譯作法，以免盲從導致翻譯失敗。

　　對於嚴復的譯論，與他同時期或在他之後的文人學者也都提出各
自看法，或支持、或反對、或補充。中國近現代文學作家魯迅（1881-
1936）堅持直譯，提出「寧信而不順」，學者作家趙景深（1902-
1985）則持相反意見，認爲「寧順而不信」。創作與譯作皆豐富的林
語堂（1895-1976）將翻譯視爲一門藝術，在〈論翻譯〉（1932）一文
中明白指出「忠實、通順、美」的譯觀。[22]在巴黎讀藝術的傅雷（1908-
1966）翻譯許多法國文學作品，得出「神似形似」的翻譯心得。錢鍾

---

[21] 赫胥黎著，嚴復譯：《天演論》（臺北：臺灣商務，2009），頁15。

[22] 林語堂：〈論翻譯〉，收於劉靖之編：《翻譯論集》（香港：三聯書
店，1985），頁32-47。

書（1910-1998）外文出身，倡導文學翻譯的最高標準必須達到「化境」，譯作不僅得「完全保存原作的風味」，也不能因不同語言習慣的差別而「露出生硬牽強的痕跡」，因爲「拙劣晦澀的譯文無形中替作者拒絕讀者；他對譯本看不下去，就連原作也不想看了」。[23]簡單地說，錢鍾書認爲譯文不僅得忠於原文，讀起來也不能有翻譯腔，必須像讀原文一樣地自然流暢。

　　贊成直譯的，難免受到語法歐化、語感不自然的批評；擁護意譯的，則可能得到對原文不忠實、不確切的指責，但兩種手法其實並不互相對立，反而是交換運用與相互合作的關係。

　　在接觸這些翻譯的看法、觀點時，我們也別忽略了譯者所處的時代環境、譯者個人的教育背景及接受的知識價值體系等因素，都會對譯論的形成產生影響。例如：在面對外國文化與思想的引進時，主張「直譯」的魯迅認爲西方語法可以刺激傳統中國文學，帶來新的文學內容與表現方式，因此始終堅持忠於原作。主要翻譯社會科學論述的嚴復，意在引進西方文明，改革社會，因此無論對原作、讀者與譯語要求，都傾向忠實，但必要時也會採取意譯手法。學藝術理論又同時從事文學翻譯的傅雷，則將藝術觀點納入翻譯實踐當中，側重「神似」效果，在意大眾讀者能否透過翻譯了解原作：

　　　　以效果而論，翻譯應當像臨畫一樣，所求的不在形似而在神似。以實際工作論，翻譯比臨畫更難。臨畫與原畫，素材相同（顏色，畫布，或紙或絹），法則相同（色彩學，解剖學，透視學）。譯本與原作，文字既不侔，規則又大異。各種文字各有特色，各有無可模仿的優點，各有

---

[23] 錢鍾書：《七綴集》（臺北：書林，1990），頁83-86。

> 無法補救的缺陷，同時又各有不能侵犯的戒律。
> 像英、法，英、德那樣接近的語言，尚且有許多
> 難以互譯的地方；中西文字的扞格遠過於此，要
> 求傳神達意，銖兩悉稱，自非死抓字典，按照原
> 文句法拼湊堆砌能濟事。[24]

與錢鍾書一樣，傅雷也很重視譯文的自然，強調用語的道地，認為好的翻譯就像原作者用中文寫作。[25]

　　翻譯不會也不應有統一的標準或準則，每一種譯論都代表一項觀點，表現譯者對翻譯的見解，甚至牽扯到他們對當時所處世界的看法與期待。以嚴謹的態度認識譯事的歷史背景，重點不在求證事實，而是讓學習翻譯的人能夠更理解一個翻譯觀念形成的始末，進而以寬容的態度面對該觀念在日後的新發展與隨時代衍生的新詮釋。例如：嚴復的「雅」後來脫離了使用古文的原意，出現了新的見解，多被認為是在說明文采風格或辭藻修飾的重要，可以解釋成文雅、優雅、典雅等意。

　　翻譯本就帶著譯者個人的詮釋，因此，隨著不同時代而產生了不同以往的理解，甚至與「原文」大相逕庭的看法，實屬自然。何況，若將「雅」運用在文藝作品的翻譯上，優美的詞彙與雅潔的句構的確能夠更加突顯作品的文藝質感。

　　曾在臺灣掀起轟動的美國電影《愛的故事》（*Love Story*）便是一例。1970年，美國派拉蒙影業（Paramount Pictures）推出這部電影，講述一對年輕情侶相愛卻無緣相守一生的故事。片中有一句經典對白在當時造成很大的流行——"Love means never having to say you're sorry."，意思是「愛是永遠不必說抱歉」或是「愛不需要說對不起」。當時《拾

---

[24] 傅雷：《翻譯似臨畫》（北京：外語教學與研究出版社），頁3。
[25] 同前註，頁53。

穗》雜誌的譯者佘小瑩譯成「情到深處無怨尤」，宛如詩一般的優雅美麗。當時的著名譯者與作家黃文範甚至盛讚佘譯「堪稱絕妙好譯」，認為這譯文不僅傳神達意又具備美感。[26]

坎貝爾與泰特勒

有意思的是，嚴復的「信達雅」與兩位十八世紀的蘇格蘭學者提出的翻譯觀點極其相似，一位是神學家坎貝爾（George Campbell, 1719-1796），另一位是法學與歷史學家泰特勒（Alexander Fraser Tytler, 1747-1813）。

坎貝爾從翻譯《聖經》的經驗中，得出良好譯文的判斷標準，在1789年提出三項翻譯原則：

一、譯作應精準確實地再現原作思想。

（To give a just representation of the sense of the original.）

二、在符合譯語特徵的情況下，盡量傳達原作者的精神與態度。

（To convey into his version, as much as possible, in a consistency with the genius of the language which he writes, the author's spirit and manner.）

三、譯作至少要能夠表現原作特質，譯文自然好讀。

（To take care that the version have, "at least so far the quality of

---

[26] 張思婷：〈油情油憶油人拾穗，縱橫文壇四十載（下）〉，《油花月刊》，39 (2014) <http://www3.cpc.com.tw/CPCMonthly/No753/files/basic-html/page40.html>。

an original performance, as to appear natural and easy.") [27]

泰特勒於1791年發表的《論翻譯原則》（*Essays on the Principles of Translation*）中提出的三項原則如下：

一、譯作應完整複製原作思想。
　　（The Translation should give a complete transcript of the ideas of the original work.）
二、譯作的行文風格和筆法應與原作性質一致。
　　（The style and manner of writing should be of the same character with that of the original.）
三、譯文應與原文一樣流暢通順。
　　（The Translation should have all the ease of original composition.）[28]

除了表達方式的差別，三人對翻譯的看法幾乎如出一轍，都極強調譯文須忠實於原文，譯文風格須接近原文神韻，還有譯文需要易讀通順。

一直以來，學界有許多對比研究，例如：當代翻譯研究學者溫鐸（Kevin Windle）與皮姆（Anthony Pym）認為嚴復「信達雅」的形成

---

[27] Eugene A. Nida, *Toward a Science of Translating* (Leiden: E.J. Brill, 1964), pp. 18-19.

[28] *Translation – Theory and Practice: A Historical Reader*, ed. by Daniel Weissbort and Astradur Eysteinsson (New York: Oxford University Press, 2006), p. 190.

可能有受到泰特勒的影響。㉙《翻譯：理論與實踐之歷史讀本》一書也
提及，泰特勒的三原則可能借自或甚至是剽竊自坎貝爾。㉚然而無論事
實如何，翻譯工作者關注的大概是這簡短的三條準則能否應用在實際的
翻譯工作裡。

　　與此同時，讀者可能也會思考：這些巧合單純只是歷史巧合？是否
晚出生的嚴復真的抄襲了早出生的泰特勒？泰特勒又剽竊了更早出生的
坎貝爾？抑或這些臆測都是後人的主觀判斷？三人的教育與工作背景對
這三條標準的形成有無影響？極其相似的翻譯三原則，倘若應用在不同
的文種裡（如：科學與文學），是否會得出相同的譯文風格？

直譯與意譯之爭

　　關於直譯與意譯之辯，十七世紀的英國詩人與譯者德萊頓（John
Dryden, 1631-1700）將所有的翻譯簡單分為三類：

　　一、逐字翻譯（metaphrase）：逐字逐行地將原文由一語言譯成另
　　　　一語言。
　　二、換字改述（paraphrase）：亦稱作「自主翻譯」（translation

㉙ Kevin Windle and Anthony Pym, 'European Thinking on Secular Transla-
tion', in *The Oxford Handbook of Translation Studies*, ed. by Kirsten Malm-
kjær and Kevin Windle (New York: Oxford University Press, 2011), pp. 7-22
(p.11).

㉚ *Translation – Theory and Practice: A Historical Reader*, ed. by Daniel
Weissbort and Astradur Eysteinsson (New York: Oxford University Press,
2006), p. 190.

with latitude），譯者的翻譯空間較有彈性，不會緊隨字句，必
要時會擴充解釋原文，但不改其意。

三、仿效擬作（imitation）：譯者有變更字句與意義的自由，甚至
能夠視情況背離原文，也可以只汲取部分原文意思，隨意發
揮。[31]

前兩類分別指「直譯」與「意譯」，第三類則是「改寫」，將原文視作
傳擬摹寫的原料。對於一直以來的直譯與意譯之辯，德萊頓傾向意譯的
折衷方式，認為只要能夠維持原文意思，譯者有換句話說的自由。他反
對直譯與改寫，認為兩者是極端作法。前者是愚蠢的譯法，讓譯者宛
如是「戴著腳鐐在繩索上跳舞」（'Tis much like dancing on Ropes with
fetter'd Leggs），譯文毫無美感也晦澀難解（obscurity）；後者卻成了
譯者的創作（creation），雖然可以讓譯者展示文采，卻毫無原作的思
想與內容。[32]

　　德萊頓的分類影響了後來翻譯理論的發展。十九世紀有施萊爾馬赫
（Friedrich Schleiermacher, 1768-1834）繼續討論改述與仿效，更延伸出
原文導向與譯文導向的翻譯論述。二十世紀則有「文化轉向」與「操縱
學派」的觀點，直言翻譯就是改寫與操縱。

---

[31] John Dryden, 'From the Preface to Ovid's Epistles', in *The Translation Studies Reader*, ed. by Lawrence Venuti, 3rd edn (London: Routledge, 2012), pp. 38-42 (p. 38).

[32] 同前註，pp. 39-40。

原文導向與譯文導向

在大學翻譯課程裡，介紹西方翻譯理論時，許多人接觸到的第一篇經典必讀文章，可能是德國神學家暨哲學家施萊爾馬赫（Friedrich Schleiermacher, 1768-1834）於1813年發表的〈論翻譯的不同方法〉（On the Different Methods of Translating）。

在文中，他先提及當時認識外國作品的兩種翻譯作法：改述（paraphrase）與仿效（imitation）。

「改述」：即使在譯語中無法找到與原語相對應的字詞，也可以透過增加（addition）與刪減（subtraction）的方式，讓譯語字詞近似（approximate）原語字詞。原語跟譯語就像數學符號一樣，在加減當中求等值（the same value）。改述的方法或許能複製原作內容，也有一定的精確，但原作印象、風格與特色或卻完全蒸發。在處理不易了解的作品時，改述甚至較像是評論（commentary），而非翻譯。

「仿效」：因為語言及其衍生的相關差異，譯文要完全、完整地複製（copy）原文實無可能，只能透過仿效。譯作的細節部分必然會與原作有所不同，但可以達到近似效果（effect）。仿效的譯文無法重現（represent）或有效地呈現（render effectively）原語精神，連帶原文原本創造出的「異國感」（foreignness）也出現大幅轉變。採取仿效手法的譯者，認為原文作者與譯文讀者無法繞過譯者，直接建立關係，因此無意為雙方拉近距離，只希望將原作品給原作讀者的印象過渡給譯文讀者即可。為了讓譯文讀者擁有與原文讀者相同的反應（to maintain this sameness of reaction），只好犧牲原作個性（identity）。

施萊爾馬赫在文章裡也提到了文本分別的概念，即不同的文章種類運用不同的翻譯方法。「改述」較常見於理工、學術研究領域，「仿

效」則多用於人文、文藝作品。㉝

　　施萊爾馬赫最受矚目的論述，是原文導向與譯文導向的翻譯手
法。依施萊爾馬赫之見，若要讓譯文讀者喜歡原文作者，且對他有「正
確完整的了解」（correct and complete understanding），譯者有兩種途
徑可以選擇：

一、盡量不動原文作者，讓譯文讀者走向作者。
二、盡量不動譯文讀者，讓原文作者走向讀者。

　　（Either the translator leaves the writer in peace as much as pos-
sible and moves the reader toward him; or he leaves the reader in
peace as much as possible and moves the writer toward him.㉞）

　　第一種翻譯方法將譯文讀者帶出國，體會外國風情，認識與本國不
同的歷史背景、社會風俗、文化生活或價值觀念。第二種翻譯方法則是

㉝　此處「改述」與「仿效」的譯介參照Susan Bernofsky, trans., 'On the Dif-
ferent Methods of Translating', in *The Translation Studies Reader*, ed. by
Lawrence Venuti, 3rd edn (London: Routledge, 2012), pp. 43-63 (pp. 47-48);
Waltraud Bartscht, trans., 'Friedrich Schleiermacher "From One the Different
Methods of Translating"', in *Theories of Translation: An Anthology of Essays
from Dryden to Derrida*, ed. by Rainer Schulte and John Biguenet (Chicago:
The University of Chicago Press, 1992), pp. 36-54 (pp. 40-41); *Translation
– Theory and Practice: A Historical Reader*, ed. by Daniel Weissbort and As-
tradur Eysteinsson (New York: Oxford University Press, 2006), p. 207。

㉞　Susan Bernofsky, trans., 'On the Different Methods of Translating', in *The
Translation Studies Reader*, ed. by Lawrence Venuti, 3rd edn (London: Rout-
ledge, 2012), pp. 43-63 (p. 49).

將原文作者帶回家，讓譯文讀者好好地待在家鄉，輕鬆不費力地認識外國作家。

　　前者以原文作者爲中心，譯者爲原著作者服務，想辦法讓譯文讀者適應原語環境與原作者的風格習慣。後者則以譯文讀者爲中心，譯者爲譯文讀者服務，想辦法爲他們解決任何會造成閱讀理解的困難。

　　我們用下面的例句來解釋施萊爾馬赫的兩個翻譯方法。一名公司主管對銷售部門的員工說了這段話：

> I have to say I didn't really like your sexy approach to selling our product, but **the proof is in the pudding**, and our market share has grown. So I have to conclude that you know exactly what you're doing, and keep up the good work!
>
> （翻譯：我得説我原來並不喜歡你們那種浮誇的推銷方式。不過銷售的結果證明你們的做法很好，我們的市場份額增加了。所以我得出的結論就是，你們是知道該怎麼作的，各位就再接再勵吧。[5]）

　　原文"the proof is in the pudding"的另一說法是"the proof of the pudding (is in the eating)"。依2014年出版的《朗文當代高級英語辭典英英・英漢雙解（第五版）》釋義，指的是「只有通過體驗才能判斷事物的好壞（you can only know whether something is good or bad after you have

---

[5] 滬江英語：〈美國習慣用語：實踐檢驗眞理（雙語）〉，《新浪新聞》，2015年1月7日，<m.news.sina.com.tw/article/20150107/13660604.html>。

tried it）」。若按照原文直譯，可以譯成「證據在布丁裡」或《朗文》提供的「布丁好不好，吃了才知道」。

　　如果選擇原文導向的方式，譯者除了要考量譯文讀者能否了解這句諺語在文中的意思，恐怕得花費篇幅，甚至提供圖片與註腳，解釋原文裡的布丁不是臺灣讀者從小吃到大的那種冰涼軟嫩的甜布丁，而是 "dessert"或"afters"，即飯後甜點，如：糕點、水果或冰淇淋等。此外，若深究字源，"pudding"一字如《牛津辭典》線上版裡所記錄的，是源自中古世紀的一種傳統食物——香腸，內含豬羊等動物內臟，混合豬肉脂肪、燕麥與香料等，煮熟後食用（the stomach or one of the entrails [...] of a pig, sheep, or other animal, stuffed with a mixture of minced meat, suet, oatmeal, seasoning, etc., and boiled; a kind of sausage）。[36]

　　例句中選擇依據上下文意調整，譯為「銷售的結果證明你們的做法很好」，方便譯文讀者理解文意，向譯文導向靠攏。雖然明瞭清楚，卻也讓譯文讀者失去認識外國食物與烹飪文化的機會。

　　施萊爾馬赫偏向原文導向的翻譯手法，認為完美的翻譯就是要將自己從原文當中得到的形象及印象（the same image, the same impression），完整不變地傳遞給讀者，因此譯者必須想盡辦法引導讀者，將他們拉向自己在原著中體會到的觀點，哪怕這觀點對讀者而言是陌生的（foreign）。[37]

　　施萊爾馬赫認為在翻譯過程中，無論是語言特色或文化特質都需

---

[36] 對於英式用語"pudding"的起源簡介，可參考Mark O'Sullivan，陳怡君譯：〈獨特歷史增添英國布丁風味〉，《中央社》，2014年10月18日，<www.cna.com.tw/news/newsworld/201410080001-1.aspx>。

[37] Susan Bernofsky, trans., 'On the Different Methods of Translating', in *The Translation Studies Reader*, ed. by Lawrence Venuti, 3rd edn (London: Routledge, 2012), pp. 43-63 (p. 49).

要被妥善保存，因此，譯者必須呈現原文獨有的「異國感」（foreign-ness），也就是說，譯作本就該帶著「翻譯腔」，讀起來就像是翻譯作品，譯者不用強行干預，非得將譯作譯得好像原創一樣。

　　主張「寧信而不順」的中國近代文人魯迅（1881-1936），他的翻譯觀點與十九世紀的施萊爾馬赫遙遙呼應。對於在譯文導向（竭力歸化）還是原文導向（盡量保存洋氣）之間的選擇，魯迅明顯以原文爲中心，偏好洋氣盡顯的譯法，對於文句不通順一事並不太在意：

> 　　如果還是翻譯，那麼，首先的目的，就在博覽外
> 國的作品，不但移情，也要益智，至少是知道何
> 地何時，有這等事，和旅行外國，是很相像的：
> 它必須有異國情調，就是所謂洋氣。其實世界上
> 也不會有完全歸化的譯文，倘有，就是貌合神
> 離，從嚴辨別起來，它算不得翻譯。凡是翻譯，
> 必須兼顧著兩面，一當然力求其易解，一則保存
> 著原作的丰姿，但這保存，卻又常常和易懂相矛
> 盾：看不慣了。不過它原是洋鬼子，當然誰也看
> 不慣，爲比較的順眼起見，只能改換他的衣裳，
> 卻不該削低他的鼻子，剜掉他的眼睛。我是不主
> 張削鼻剜眼的，所以有些地方，仍然寧可譯得不
> 順口。[38]

---

[38] 福建師範大學中文系編選：《魯迅論外國文學》（北京：外國文學出版社，1982），頁47-48。

歸化與異化

　　當代美國翻譯理論學家韋努堤（Lawrence Venuti, 1953-）是擁護原文導向翻譯的代表人物。他受到施萊爾馬赫翻譯主張的啓發，將翻譯方法的討論由語言層面繼續延伸，進一步思考翻譯與文化之間的關係，考量會影響翻譯行爲與過程的文本外的語境因素。

　　韋努堤將施萊爾馬赫的觀點擴展爲「歸化翻譯」（亦作「同化翻譯」）（domesticating translation）與「異化翻譯」（foreignizing translation）——

　　　歸化：靠近譯語的民族文化中心，以譯語主流文化價值同化異國文本，將原著作者邀請回國（an ethnocentric reduction of the foreign text to receiving cultural values, bringing the author back home）。

　　　異化：偏離譯語的民族文化中心，突顯異國文本中的語言和文化歧異，將譯作讀者送至國外（an ethnodeviant pressure on those values to register the linguistic and cultural differences of the foreign text, sending the reader abroad）。[39]

　　歸化是將外國（原文）作者帶回家鄉，爲了降低外國文本給譯文讀者的陌生感，翻譯必須遵守、迎合本國的文化價值觀，譯文強調流暢、透明。

　　異化則是將譯文讀者帶到他鄉，外國（原文）文本的陌生感（如：語言與文化差異）在譯語環境中得以妥善保留，不受譯語當地主

---

[39] Lawrence Venuti, *The Translator's Invisibility: A History of Translation*, 2nd edn (London: Routledge, 2008), p. 15.

流文化的影響、束縛或干涉，因此異化翻譯又稱作「抵抗翻譯」（re-sistant translation）。

　　我們以下面的CNN學生新聞報導片段中的"elephant in the stadium"為例，簡單說明歸化與異化：

> Alex Rodriguez is back on the field.
> Alex Rodriguez（羅德里奎茲，紐約洋基隊球員）
> 又重回球場
> He remains **the elephant in the stadium**.
> 他仍是場上的人人皆知卻又不敢談論的禁忌話題
> He did serve his time away from the game,
> 他在球場上被禁賽了
> the longest suspension ever for a drug violation.
> 因為濫用藥物被停賽最久的一次[40]（粗體與括號內
> 補充為本書作者所加。）

　　新聞中的詞語"elephant in the stadium"（球場上的大象）源自"elephant in the room"（房間裡的大象）。線上《劍橋英語辭典》（dictionary.cambridge.org）的定義如下："If you say there is an elephant in the room, you mean that there is an obvious problem or difficult situation that people do not want to talk about."意思是說，有一個明顯的問題或困境，因為太過棘手而無人願意理會。想想看，小小的房間裡擠了隻重達數噸的龐然大物，沒有人能說他沒看到，但是一想到處理的後續麻煩，大家

---

[40] Derrick Chen：〈【英文成語】別搞錯，elephant in the room 不是房間裡的大象！serve time 也不是叫你去服務！〉，《VoiceTube Blog》，2015年4月17日，<tw.blog.voicetube.com/archives/21070>。

只好「裝瞎」，不去談論，當作沒這件事。

如果要使用異化的手法，就直接譯成「房間裡的大象」，用字不但精簡，原文的意象畫面與異文化內涵也得以完整保留。但是，目前「房間裡的大象」一詞並不像「鱷魚的眼淚」（cry/shed crocodile tears）那樣為臺灣大眾所認識，可能因為這個原因，新聞中的翻譯選擇歸化譯法，消除「房間裡的大象」的陌生感，直接在翻譯中解釋原文（英文）意思「人人皆知卻又不敢談論的禁忌話題」，方便目的語（中文）觀眾了解。

韋努堤從英美兩國在1950年代之後的譯作出版現象中，發現文化交流不對等的狀況。英美出版界大多將自己的英語出版作品賣給非英語系國家，卻鮮少購入外國作品，更遑論譯成英文在國內發行。這樣的翻譯出版情形呈現「貿易逆差」的現象，長遠來看，對國與國之間的文化交流會造成嚴重的影響。英美在政經文化上的霸權地位，在國際上會更加擴張、鞏固。另一方面，英美出版界雖然成功地將英語文化價值觀強行加諸在外國讀者身上，卻也讓英美讀者只習慣自己的語言文化，對外國文學及其背後所代表的異國價值體系缺乏認識的意願。因此，在英美社會裡，外來作品的翻譯都偏向使用歸化手法。譯者不著痕跡地將英美主流價值嵌入外國文本中，讓英美讀者接受「流暢好讀的譯本」（fluent and readable translations），不費吹灰之力便可以在外國文本中看見自己熟悉的文化。[41]

韋努堤偏愛異化翻譯，認為異化手法可以保存外國文化的「異國感」或「陌生感」，突顯外國文化與本國文化的不同之處。透過異化翻譯，譯者在譯本中可以大方現身，不必藏身在原著後面，成為譯作中的隱形人。依他所見，流暢的譯本抹除掉譯者的痕跡，背後象徵的是英

---

[41] Lawrence Venuti, *The Translator's Invisibility: A History of Translation,* 2nd edn (London: Routledge, 2008), pp. 11-12.

語世界國家的驕矜自大，對外的表現是帝國主義，對內則是仇外情節（imperialistic abroad and xenophobic at home）。[42]也就是說，前者表現在對外國政治、經濟及文化上的侵略擴張，後者展現在對外來事物的排斥、憎惡與恐懼。

不過，他自己也強調，異化翻譯並非是故意要使用不流暢的譯法阻礙閱讀，更不是要掀起「翻譯腔」（translationese）論戰，而是希望能夠擴展譯事範疇，發展新型態的可讀譯本。他將異化翻譯視作一種抵抗策略（resistancy），抵抗一直以來主導英語譯本的歸化手法，抵抗種族歧視、文化自戀情結、帝國主義，以及本國文化強加在外國文本上的民族中心暴力（ethnocentric violence）。[43]

接下來，我們藉由美國版的《哆啦A夢》新聞報導片段來討論韋努堤對於歸化策略的批評：

> 日本國民卡通《哆啦A夢》確定在美國「Disney XD」頻道播放26集，最近網路上開始出現最新英文版畫面和原版的比較圖，除了所有要角都換上英文名外，裡面也出現不少「入境隨俗」的改變，例如除了餐具變成西式刀叉外，大雄考零分變成拿「F」（Fail）、招牌「哭泣瀑布」也消失了；而且製作公司也依據當地小朋友市調來調整靜香的個性，為了讓女主角增添點男孩氣息，手抱洋娃娃的場景也被改成拿日記本；就連銅鑼燒都會被譯為「yummy buns（好吃的餐包）」。據悉，除了上述改變外，為了符合美國倡導健康生

---

[42] 同前註，p. 17。

[43] 同前註，pp. 16, 18-19。

活的國情，嗜吃銅鑼燒的哆啦A夢狂嗑甜食的畫面將被刪減。⑭

　　為了迎合美國兒少觀眾市場，《哆啦A夢》的確經過不少「在地化」的調整，除了新聞中所報導的，哆啦A夢在第一集出場介紹自己是 "Doraemon" 時，又加上一句臺詞 "a talking cat-shaped robot"（會說話的貓狀機器人），呼應英文片名 "Gadget Cat from the Future"（來自未來的機器貓）。哆啦A夢隨即發現了桌上的點心，進而詢問大雄說："Hold on. What's that?"（等一下，桌上是什麼？）大雄回答："That's dorayaki, but we call them 'yummy buns'."（銅鑼燒啊！但我們通常叫「好吃的小圓餐包」）。第三集則出現了大雄一家的用餐情形，爸爸跟媽媽左手捧著碗，右手原本該拿著筷子，卻成了叉子。

　　上課時，曾跟學生討論過臺版與美版影片的差異。他們指出人物性格上的變化：軟弱溫吞的大雄變得勇敢而有話直說，語調跟舉止較臺版誇張，而原本是東方「虎媽」型的大雄媽媽搖身一變，成了明朗樂天的美式母親。他們還發現美版的大雄名字 "Noby" 其實是他的姓氏 "Nobi"（野比），不是名字 "Nobita"（大雄）。然而，對於筷子變成叉子的畫面，學生似乎受到了不小的「文化衝擊」，一時笑罵四起，抱怨著：「莫名奇妙！這根本不是翻譯！這是重畫！」別說臺灣觀眾一時無法接受，報導中其實也提到，美方「大幅度的調整」是為了「提升國內小朋友對該卡通的親切感」，但此舉卻也引來很多日本民眾反感，擔心細節的改變讓日本的經典卡通喪失原味。

---

⑭ 林佑珊：〈走味！美版《哆啦A夢》8大改變，叉子吃飯、靜香轉性〉，《東森娛樂新聞雲》，2014年5月13日，<star.ettoday.net/news/356464>。新聞實際內容有提供比較配圖，讀者也可以在YouTube上直接搜尋 "Doraemon" 觀賞美國版影片。

　　美版的《哆啦A夢》的確企圖淡化「大和民族風情」。歸化策略多少改變、抹除了日本民族特質，連別具異國風情的代表性食物「銅鑼燒」都簡化成了平淡無奇的「好吃的麵包」。由這個角度看來，我們不難理解韋努堤對歸化翻譯的批評──歸化手法反映出強勢國家的文化霸權現象，讓原文的語言文化特色在譯文中受到削減與排拒，無法妥善展現。

　　再換個角度觀察，歸化翻譯一直占據翻譯歷史的主流，一直受到觀眾與讀者的青睞，是否也因爲流暢譯法可以有效地消除文化隔閡？畢竟，每個人理解事情的方式總是以個人經驗及所處的社會文化角度出發。而影片翻譯一向以觀眾爲主導，受到譯語環境的主流價值觀影響，也是自然不過。美版《哆啦A夢》的改變便是爲了讓美國電視觀眾能夠輕鬆地認識這部紅遍全球的日本卡通。

　　以「銅鑼燒」爲例，若要認眞解釋，美國譯者可能必須用上更多的字詞，像是"a Japanese sponge cake stuffed with red bean paste"（一種內含紅豆餡，口感似海綿蛋糕的和菓子），或更仔細的說明，如《維基百科》提供的中英文解釋："a type of Japanese confection, red-bean pancake which consists of two small pancake-like patties made from castella wrapped around a filling of sweet Azuki red bean paste"（一種和菓子，用兩片圓盤狀、類似蜂蜜蛋糕的烤餅皮包裹豆沙餡，形狀類似兩個合在一起的銅鑼）。但美國節目製作方考慮的層面恐怕不僅僅是字幕字元數目的限制，還有美國兒少觀眾族群對異文化的接受能力與飲食習慣。也就是說，「銅鑼燒」一詞是否有仔細譯介的需要？

　　對日本跟臺灣觀眾而言，「銅鑼燒」是哆啦A夢出場的「標準配備」，而且日常生活當中也容易取得，一般超商或麵包店都有販售。2015年臺灣還上映了日本電影《戀戀銅鑼燒》（あん，An），講述一名銅鑼燒店長一直煮不出理想的紅豆內餡。在臺日文化中，紅豆是常見食材，特別用於甜點製作。但問題是，這款日式點心在美國普遍嗎？美

國文化裡會烹煮紅豆或將紅豆視為甜點材料嗎？在地文化裡沒有的物品該如何處理？或許有人會提議可以尋找看起來類似的替代食物，譯成"Japanese-style macaron"（日式馬卡龍），但恐怕在口感、大小、顏色、內餡與飲食風情上，是完全不一樣的兩樣甜點。

美方對「銅鑼燒」的翻譯採取音譯策略，直接保留 "dorayaki"的發音，這方式倒是吻合之前提過的玄奘「五不翻」音譯原則中的「此無故」，就是譯語環境中沒有的事物，選擇不譯。音譯也稍稍保留了異質文化元素，但美方想要降低「異國感」或不願在劇情裡引發大家對「銅鑼燒」的關注，如新聞報導所言，美國政府倡導健康飲食，不希望兒少族群消費過多甜食。對「銅鑼燒」過於清楚的描述可能會引發觀眾的嚐鮮好奇心，於是在翻譯上便簡單解釋為"yummy buns"。

然而翻譯不僅有溝通文化的功能，也展現出文化中的歧異部分。異化翻譯的迷人之處，就在於能夠引進他國的語言文化，刺激、豐富本國的語文儲藏，補充我們缺乏的事物。例如：華人地區日常用字，如：「巴士」（bus）與「幽默」（humour）都是透過音譯而來，而由日文「御宅族」（ヲタク，音讀"otaku"）延伸用法而來的「宅男」，也在臺灣社會普遍流行。英美文化儘管強勢，也並非完全排拒外來語言文化。美國紀錄片導演伊恩‧錢尼（Ian Cheney）拍攝《尋找左宗棠》（*The Search for General Tso*, 2014），就是想要了解全美唐人街裡最受歡迎的外賣中國菜色「左宗棠雞」（General Tso's Chicken）在美國落地生根的的歷史淵源。《牛津英語大辭典》（*OED*）在2016年9月更新詞彙後，收編新加坡與馬來西亞當地的常用語彙，包含新加坡庶民美食用餐場所的"kopitiam"（咖啡店），以及臺灣人也熟悉的"hongbao"或"ang pow"（紅包）與"char kway teow"（炒粿條）。[45]

---

[45] 黃自強：〈牛津辭典新單字新加坡式英語再入列〉，《中央社》，2016年9月15日，<www.cna.com.tw/news/ahel/201609150121-1.aspx>。

　　然而我們不能說歸化翻譯就沒有傳遞文化的功能，只是運用方式跟呈現層面不同於異化翻譯。歸化翻譯重視讀者，傾向打造流暢通順的譯文，事先清除文化障礙，讓譯本讀起來像讀原著，讀者不會因為譯文晦澀難懂而放棄閱讀，也失去了認識異國文化的機會。同時，我們也無法否認，異化翻譯策略雖然可以讓來源語言的民族文化價值在譯語環境中重現，但也同時考驗著譯語讀者的接受能力。

語言學派

形式對等與動態對等

　　無論是選擇異化翻譯或歸化翻譯，讀者的理解其實是關鍵考量。畢竟，翻譯的服務對象是不懂外文的讀者。美國語言學者及《聖經》譯者奈達（Eugene Nida, 1914-2011）便極為重視文本中意義的傳遞與讀者的反應。

　　1960年代結構主義（structuralism）盛行，對人文學科的建構與發展有相當大的貢獻，如：現代語言科學。奈達在他的重要著作《翻譯的科學探索》（*Toward a Science of Translating*, 1964）當中，便提到結構語言學（structural linguistics）快速擴張，歐美各派語言學說為翻譯理論跟實踐帶來深遠影響，翻譯研究的討論焦點也因此由文藝領域進入語言學導向的範疇。[46]

　　奈達擁有語言學博士學位，長年在美國聖經公會（American Bible

---

[46] Eugene A. Nida, *Toward a Science of Translating* (Leiden: E.J. Brill, 1964), p. 21.

Society）負責翻譯事務，在語言學、翻譯學跟宗教學等領域著述豐富。
他深受語言學影響，再加上浸淫在《聖經》的翻譯工作中，意義的詮釋
對他來說是翻譯的優先順序。他重視「語義」（semantics），即字詞與
文句的意義，也就是說翻譯要譯出意義。奈達曾提到：

> 翻譯就是以譯語複製或重現最貼近原語的相等訊
> 息，而且譯文必須自然通順，意義的對等為優
> 先，其次才是行文風格的對等。
>
> （Translating consists in reproducing in the receptor lan-
> guage the closest natural equivalent of the source language
> message, first in terms of meaning and secondly in terms
> of style.[47]）

這裡的「對等」可以解釋為訊息的對等、等值或等效。意義重於風格的
翻譯觀在當時也蔚為主流。

奈達認為認真負責的譯者會想要追求「最貼近原文的自然對等語
句」（the closest natural equivalent），而且「好的翻譯就是讀起來不像
翻譯」（the best translation does not sound like a translation）。[48]奈達強調
譯文必須易讀好懂，而且讀起來不會有洋腔洋氣的味道。

對奈達而言，翻譯的主要任務是如何有效複製訊息，無法有效傳
達的訊息便是無用的訊息。[49]奈達在書裡多次提及訊息的「貼近」（the

---

[47] 同前註，p. 12。

[48] 同前註，pp. 12-13。

[49] Eugene A. Nida, *Toward a Science of Translating* (Leiden: E.J. Brill, 1964),
p. 21; Eugene A. Nida and Charles R. Taber, *The Theory and Practice of
Translation* (Leiden: E.J. Brill, 1969), p. 12.

closest）與「自然」（natural），他指的並非原文文字訊息的忠實，而是如何留存原文的精神與思想，同時也要考慮文本的上下文關係，以及譯語環境的語言文化傳統。

　　奈達對翻譯的見解與譯經工作息息相關。身爲神職人員，他自然希望推廣福音，讓不同語言文化背景的人都有機會接觸《聖經》，因此，「看懂」是譯經的首要任務，也就是說翻譯要讓讀者能夠接收、了解內文意義。奈達強調訊息的傳遞，而讀者就是接收、解讀訊息的人。對於譯語，奈達的用詞是"receptor language"，含「接收方」或「感受方」之意，而非"target language"一詞代表的「目的語」或「標靶語」。"Target"強調譯本的呈現，而"receptor"則注重信息接受者，即譯文讀者，因爲譯本傳遞的訊息是由他們在閱讀當中解碼。簡言之，奈達重視讀者的感受、反應（reception），要求譯本的可讀性（understandability）。

　　在《翻譯的科學探索》的第八章〈相似的原則〉（Principles of Correspondence）中，奈達探討「對等」（equivalence）的翻譯概念，他寫下這段文字，表達原文跟譯文要完全對應的困難：

> 由於沒有兩種一模一樣的語言，因此語言之間不可能出現絕對相似的情況，自然也就沒有完全精準的譯文。儘管譯文的整體效果能夠很接近原文，但卻無法處處相同。
>
> （Since no two languages are identical [...] it stands to reason that there can be no absolute correspondence between languages. Hence there can be no fully exact translations. The total impact of a translation may be reasonably close

to the original, but there can be no identity in detail.[50]）

對等翻譯是有侷限的，因為沒有絕對理想的譯文，對等翻譯只能求取最大近似值。儘管原文的意圖與含意可能會在翻譯過程中發生變化，但奈達將「盡量近似原文意義」當作目標遵守。在這樣的前提下，他提出兩種類型的對應（correspondence）：「形式對等」（formal equivalence）與「動態對等」（dynamic equivalence）。

一、「形式對等」注重訊息（message）的傳遞，在翻譯過程中，盡可能忠實而完整地表達原文的內容（content）與形式（form），從文法結構、用字統一、原語意義，乃至標點符號都需相應，或是以句子翻譯句子、以詩歌形式翻譯詩歌等種種對應，而「註解翻譯」（gloss translation）更是典型範例。[51]

換句話說，譯者在字面與意義上都盡量重現原文的內容跟形式，在避免更動原文結構的前提下，為文中困難或需要補充背景資訊的地方提供註釋，想辦法讓譯文讀者了解原文裡的語言特徵與社會文化。

許多時候，譯文讀者可能並不了解原語文化，「註解翻譯」便是能夠適時派上用場的翻譯方法。讀過《論語》的人一定知道，書中字裡行間與頁面空白處，總是充斥著許多字型比語錄正文更小的註釋說明，或是釋義，或是典故。在現代，若書籍與新觀念的引介有關，「註解翻譯」也是常用策略。日本作家小川仁志的《超譯「哲學用語」事典》（2013）在臺灣的譯本，便使用這個方式，譯者鄭曉蘭會視需求在頁邊加上評註，解釋新詞。像是作者在書的〈前言〉提及曾有四年的

---

[50] Eugene Nida, 'Principles of Correspondence', in *The Translation Studies Reader*, ed. by Lawrence Venuti, 3rd edn (London: Routledge, 2012), pp. 141-155 (p. 141).

[51] 同前註，pp. 144, 149。

"freeter"經驗，譯者在本文中譯成「飛特族」，於頁邊提出如下解釋：

> 「freeter」的音譯，是和製英語「freelance ar-
> beiter」的簡稱，意指以正職員工以外的身分如
> 打工、兼職等方式維持生計的人，也就是自由兼
> 職工作者。但與台灣學有專精但選擇以工作室或
> 個人形式接案的「自由工作者」（freelancer）不
> 同。意指沒有正式工作的自由工作者。

　　譯者的「註解翻譯」實屬必要，因為臺日雙方對「自由工作者」顯
然有不同解讀。像是日劇《派遣女醫》（Doctor X）裡的女醫生大門未
知子並不屬於醫院體制的正式員工，常被男同事譏損是"freeter"（打工
仔），而她總是正色澄清說是 "freelancer"（自由職）。若沒有額外註
釋，臺灣的讀者與觀眾恐怕無法了解 "freeter"在日本社會文化中帶有貶
意。
　　二、「動態對等」強調訊息傳達的相等效果（equivalent effect），
著重訊息跟接收者之間的動態關係，即譯文接收者跟譯文訊息之間的
關係，實質上應該等同於原文接收者跟原文訊息之間的關係。[52]簡單地
說，文本的忠實並不是翻譯的唯一標準，譯文能否重現原文效果，並妥
善傳達給譯文讀者，才是「動態對等」關注所在。理想的「動態對等」
有以下四項條件：

1. 達意（making sense）。
2. 傳神（conveying the spirit and manner of the original）。
3. 語言自然、行文流暢（having a natural and easy form of expres-

---

[52] 同前註，p. 144。

sion）。

4.譯文讀者的反應接近原文讀者的反應（producing a similar response）。[53]

　　不同於「形式對等」聚焦於原文訊息的完整傳達，「動態對等」關注的是原文的精神與效果，考量接收者的反應，即譯文讀者的解讀能力和生活經驗，因此，「動態對等」不囿於形式束縛，要求「等效」，必要時也能大幅更動或完全放棄形式。

　　奈達傾向「動態對等」翻譯，但是他本人也說過，鑑於兩國歷史文化的差異，讀者反應不可能完全一模一樣，所以也只能盡量做到最高程度的等效（a high degree of equivalence of response）。[54]

　　由於「動態對等」經常引發錯誤解讀，以為「等效」指的是對譯語讀者產生特別影響或吸引力的對等事物，或者以為讀者的反應可以凌駕翻譯過程中需要考慮的其他條件，因此，奈達後來將「動態對等」易名為「功能對等」（functional equivalence），藉以強調翻譯的各種交際或溝通功能（the communicative functions of translating），並非只獨厚讀者反應。簡言之，就是在訊息內容為主的狀況下，也盡量做到形式對等，同時考量譯文讀者的接收能力。奈達再次強調，譯文讀者對譯本的了解，應等同於原文讀者對原文的了解（The receptors of a translation should comprehend the translated text to such an extent that they can understand how the original receptors must have understood the original text）。[55]

---

[53] 同前註，p. 148。

[54] Eugene A. Nida and Charles R. Taber, *The Theory and Practice of Translation* (Leiden: E.J. Brill, 1969), p. 24.

[55] Jan de Waard and Eugene A. Nida, *From One Language to Another: Functional Equivalence in Bible Translating* (Nashville: Nelson, 1986), p. 36.

　　這裡必須澄清，「形式對等」與「動態對等」並不是兩個對立的觀念，翻譯過程中，即使譯者傾向採取「形式對等」，也不代表他就會完全放棄「動態對等」。兩者之間的關係應是搭配運用，而不是只能二擇一。

　　在2016年里約奧運期間爆紅的「洪荒之力」一詞可以借來討論奈達的「對等」翻譯觀。大陸游泳選手傅園慧在女子100公尺仰式半決賽後接受媒體訪問，當記者告知她游速是58秒95時，她震驚於結果超乎預期，高興地脫口而出：「我已經用了洪荒之力啦！」一時之間，這個傅園慧在小說上學來，用來表示自己很賣力的俏皮話，讓西方新聞媒體在翻譯上絞盡腦汁。其實，傅園慧想表達的就是「我已經盡力了！」（I've done my best!）但她用了一個一般大眾不太熟悉的詞，激起大家的好奇心。

　　臺灣的《蘋果日報》、《自由時報》、《中國時報》、《聯合報》與《今日新聞網》等各家報紙、網路新聞紛紛報導英美及大陸媒體對於「洪荒之力」一詞的翻譯。有些報導採用「形式對等」中的「註解翻譯」，直接在該詞後以括號、「例如」（e.g.），或另起新句的方式，解釋這個流行語（buzzword），像是：[56]

> And she used a comic phrase – "I used all my **prehistoric energy**" – to insist that she had been giving her all in the semis. The phrase translates roughly as 'The Force' in the "Star Wars" movies. （出自美國《綜藝》（Variety）雜誌網站）

這裡將「洪荒之力」譯作「史前能量」，並與電影《星際大戰》中的

---

[56] 下列引用例句中的粗體與底線爲本書作者所加，以方便說明解釋。

「原力」（the Force）相比，讓英美讀者很快了解幽默之處。這個譯本雖採取「註解翻譯」方式，但同時也從紅遍全球近四十年的好萊塢科幻電影裡，找對類似概念來傳達原語概念，盡量達成「動態對等」要求的「等效」。

又例如：

> "She said she used **the force** present on a primitive earth surface, <u>e.g.</u>, like **the destructive force** of plate tectonics," one commenter wrote. "'我已經用了洪荒之力' actually translates to "I've already used my **core power** <u>（energy within our core, what keep us alive, the spirit energy）</u>," another argued.（出自專門報導網路新聞的虛擬報紙 *The Daily Dot*）

在這個例子裡，前者用「遠古地表的板塊破壞力量」來形容，聽起來真似有毀天滅地的魄力感，同時呼應大陸地震臺在其官方微博上的說明，指「洪荒之力」是地球形成後的巨大造山運動說法。後者則以「內在核心力量」強調心靈底蘊的強大，譯者解讀的角度似乎帶了點禪修冥想味道。

英美中等主流媒體則多傾向直接譯出原句，像是：

> 《衛報》："I used all of my **mystic energy**!"（神祕能量）
> 《美國之音》："She used '**mystical powers**' in her swim."（神祕之力）
> 《央視英語新聞》："I've been utilizing **prehistorical powers**."（史前之力）

《BBC》："I have used all my **prehistoric powers** to swim."（史前之力）

《紐約時報》："I used my **primordial powers!**"（太初或上古之力）

《CNN》：Fu gushed that she had used her "**primordial powers**".（太初或上古之力）

《每日郵報》："I have played my full **potential**, used all my **strength!**"（潛力、力氣）

這裡「洪荒」的翻譯主要出現三種英譯："mystic"（神祕、奇幻、不可思議）、"prehistoric"（史前），以及引自《聖經》"primordial energy"（太初能量）的"primordial"（原始）。這幾個翻譯努力貼近原文意向，呈現人類文明開始前，世界的廣袤荒涼與奧祕莫測。英國《每日郵報》選擇了很口語的方式，使用簡單的日常句型與字彙服務普羅大眾，避開「洪荒之力」的古文感，選擇以現代常用英文用詞 "potential"（潛力）及 "strength"（力氣），來傳達傅園慧想表達的「賣力」，詞藻雖普通，卻很符合原文精神與意旨，也顧及該報廣大中下階層的報紙讀者。

　　值得注意的是，可能受到當下流行文化的影響，臺灣各家媒體報導多有提到「洪荒之力」可能出自電視劇《花千骨》，指的是劇中女主角體內的一股被封印的力量，一旦釋放，足以毀滅世界，因此，「洪荒之力」原來是「妖神之力」。若從這個觀點考慮，前面提到的「原力」也許有些格格不入，畢竟「科幻」的《星際大戰》與「靈異神幻」的《花千骨》形塑的是兩個截然不同的世界。譯語中若要達到與原語一樣的神仙奇幻效果，譯者或許可以從《希臘羅馬神話故事》（*Mythology*）裡挖掘靈感，像是天生擁有神力的海克力斯（Hercules），他是半神半人的大力士，可以上天入地，對抗各種凶獸。《聖經》裡得到上帝賦予神

力，從小力大無窮、徒手撕裂獅子的參孫（Samson），或許也可以列入翻譯參考選擇。

語意翻譯與溝通翻譯

> 一個從事翻譯實踐的人，如果不想過多地涉獵理論，而只想充實一下與實踐有關的理論知識，那麼可以不讀奈達，但卻應該讀紐馬克。[57]

紐馬克（Peter Newmark, 1916-2011）一生從事翻譯教育與寫作，在中西譯界有一定的地位與貢獻。他提出的譯論與方法極重視實作與應用價值，英國《衛報》（*The Guardian*）為他寫的訃聞便特別提及，涉及比較語言學、語義學與社會語言學的翻譯研究難免枯燥乏味，但紐馬克善於利用實例佐證讓論述生動有趣。[58]他的*A Textbook of Translation*（1986）曾譯成中文《翻譯教程》（2006）在臺灣出版發行，適合大學高年級學生、研究生，以及翻譯工作者。

紐馬克的翻譯觀很務實，他在《翻譯教程》裡直言，沒有翻譯問題的存在，就不會出現翻譯理論（no problem – no translation theory!），因此，他不重視學術層面等細節，比較傾向討論伴隨實際翻譯過程所衍生的翻譯問題與議題，再配合各式各樣的文本與例子，為讀者提供有用的

---

[57] 葉子南：《英漢翻譯理論與實踐》，第二版（臺北：書林，2013），頁179。

[58] Tony Bell, 'Peter Newmark Obiturary: Champion of the Study of Translation', *The Guardian*, 28 September 2011 <www.theguardian.com/education/2011/sep/28/peter-newmark-obituary>.

翻譯指導通則（general guidelines for translating），具體解決翻譯困難。[59]

　　紐馬克偏好直譯，儘管他在書裡討論了各式各樣的翻譯方法與程序，但唯獨「直譯」（literal translation）占據一整章的篇幅（見第七章）。他認為文字本身自帶意義，因此贊成翻譯追求真實與精確（truth and accuracy），盡量將原語文字轉譯成譯語文字，「意譯不直譯」是譯者萬不得以使用的最後手段（'interpret the sense, not the words' is [...] the translator's last resource），像是原文不嚴密精準或某類文本（如：資訊型與呼籲型文本）寫作品質欠佳，才考慮放棄直譯。[60]

　　紐馬克對意譯相當不以為然，在書裡直言不諱：

> 許多譯者說翻譯絕不能只照字面翻，必須譯出原文的句意、思想或訊息。我認為他們根本是在自欺欺人。原文就是字組成的，通通就擺在那裡，就在紙頁上。翻譯譯的始終就是字啊！
>
> （Many translators say you should never translate words, you translate sentences or ideas or messages. I think they are fooling themselves. The SL texts consist of words, that is all that is there, on the page. Finally all you have is words to translate.[61]）

以紐馬克的標準來看，翻譯就是盡其所能，全力重現原文，包含語法結構與文化意涵用字。簡單地說，「信實」是他的翻譯準繩。

---

[59] Peter Newmark, *A Textbook of Translation* (Hempstead: Prentice Hall, 1988), pp. xi, xii, 4, 7, 9.

[60] 同前註，pp. xii, 5, 76。

[61] 同前註，pp. 36-37。

　　但是這裡必須指出，紐馬克在書中引用的例子以法文與德文為主，而英文在發展過程中，又受到法德兩種語文的混合與影響，許多字句組合方式因彼此近似而有如實複製結構與順序的可能，因此不難理解他會提倡直譯的作法。但若是兩種語言之間的文法規則、文句組織、語用習慣、寫作風格，乃至民族價值體系截然不同，像是中文與英文便明顯存在歧異，那麼不管是純粹表達作者思想的表達類文本（如：文學作品），還是主要提供資訊的資訊類文本（如：展覽簡介或操作手冊），或企圖引發他人行動的呼籲類文本（如：廣告或演講），譯者恐怕無法貫徹直譯方法。

　　下面這個句子出於改編自英國偵探小說作家克莉絲蒂（Agatha Christie, 1890-1976）關於孤島懸案的推理小說《一個都不留》（*And Then There Were None*）的舞臺劇文宣，其英文句子結構與中文的文法規則便明顯不同：

> Ten strangers arrive at a house on a remote island after receiving an invitation from an unknown host.[62]

即使透過Google Translate的免費多語機器翻譯服務，譯文也未如猜想中「按部就班」地直譯，原文語序反而按照譯文慣用方式顛倒過來：

> 十個陌生人在收到來自未知主人的邀請後到達一
> 個偏遠島嶼上的一個房子。

---

[62] Kenny Miller, dir., *And Then There Were None*, by Agatha Christie, theatre performance, 5-29 March 2014, Dundee Rep Ensemble, Dundee Rep Theatre, Scotland.

當然，這句譯文可以再調整潤飾地自然流暢些，像是：

> 十個素不相識的陌生人接受了不知名屋主的邀
> 請，抵達偏遠島嶼上的一幢房子。

或者置入原文小說的孤島疑雲內容，再加以修改，例如：

> 十個彼此不認識的陌生人，不約而同地受到神祕
> 邀請，來到與世隔離的士兵島，齊聚一堂。

中英文結構上的差異很常見，再以下段藝文展覽文宣裡的中英簡介
對照為例：

> 十八世紀後半，乾隆皇帝為捍衛西北邊防，以
> 軍功將中亞東端納入版圖，稱之為「新疆」。
> 精美的伊斯蘭玉器經此源源貢入大清帝國的紫
> 禁城內，乾隆皇帝為之驚艷不已，撰文考證它們
> 是「痕都斯坦」地方玉工的作品，誇稱之為「仙
> 工」、「鬼工」。
>
> In the second half of the 18th century, the Qianlong em-
> peror brought the eastern end of Central Asia into China's
> territory and called it Xinjiang, i.e., "the New Territory."
> A steady stream of exquisite Islamic jade then entered the
> Forbidden City in the form of tribute to the Great Qing
> Empire, and the Qianlong emperor was completely dazzled
> by it. He wrote essays examining where it had all come
> from, and he established that it had come from a place

called "Hindustan." He wrote poems praising these objects
for their "immortal craft" or "demonic craft." [63]

　　兩相比照之下，看得出英譯版盡量依照中文的句序與結構直譯，但還是無法免除調整順序或增刪裁減，以符合英文語法（例如：置入明確的代名詞或補充原文沒有的訊息），並讓英譯的邏輯更加緊密（例如：刪掉與段落主題較無關的「捍衛西北邊防」及「軍功」部分）。

　　紐馬克有感於譯界長期爭論「意譯（free translation）vs.直譯（literal translation）」問題，一直在「精神內容（spirit）vs.字面意思（letter）」、「意義（sense）vs.字詞（words）」與「訊息（message）vs.形式（form）」之間角力拉鋸，卻忽略了翻譯目的、讀者本質與文本種類對翻譯過程的影響。為此，他提出八種翻譯方法，並以平底V字圖形呈現：[64]

SL emphasis   TL emphasis
Word-for-word translation   Adaptation
　　Literal translation   Free translation
　　　　Faithful Translation   Idiomatic translation
　　　　　Semantic Translation   Communicative translation

　　依圖形排列方式，左側的翻譯方法偏向原語，以原文作者意旨為主，右側則傾向譯語，主要照顧譯文讀者的需求。最上層的「逐字翻

---

[63] 簡介文字出自〈越過崑崙山的珍寶：院藏伊斯蘭玉器特展〉，2015年12月28日至2016年10月12日，國立故宮博物院南部院區。

[64] Peter Newmark, *A Textbook of Translation* (Hempstead: Prentice Hall, 1988), pp. 45-47.

譯」（word-for-word translation）與「改編翻譯」（adaptation）的距離最遠，代表兩種譯文呈現出來的差距最大。接下來翻譯結果差距逐漸拉近，依序為「直譯」（literal translation）與「意譯」（free translation）、「忠實翻譯」（faithful translation）與「道地翻譯」（idiomatic translation），差距最小也是最相近的翻譯方法是「語義翻譯」（semantic translation）與「溝通翻譯」（communicative translation）。

以下從圖形的左上（「最拘束」譯法）至右上（「最自由」譯法），以V形書寫方向簡單說明紐馬克的翻譯方法：

一、「逐字翻譯」經常以原文與譯文逐行對照翻譯（interlinear translation）方式呈現，主要為理解原文的語言機制或當作處理困難文本的前置作業。

二、「直譯」訴求原文與譯文在文法句構上相符、近似，但未考慮原文上下文關係。

三、「忠實翻譯」則力求準確重現原文上下文意義，百分百地忠於原作者意圖與原文表現方式。

四、「語義翻譯」比較不囿於原文，手法可以調整變通，接受翻譯的創造性，也考慮原文的美學價值是否在譯文中得以傳達，如有必要，甚至可以犧牲原文語義以保留文學手法（如：諧音與文字遊戲）的美學效果。

五、「溝通翻譯」準確地將原文上下文意義，包含內容和語言形式雙方，以方便讀者了解的方式翻譯。

六、「道地翻譯」以譯文習慣的口語與慣用語重現原文訊息或主旨，翻譯風格自然（natural translation），是頗受歡迎的翻譯方法。

七、「意譯」重現原文內容與主旨，而非表現形式與風格，常用換句話說的方式解釋原文，譯文顯得冗長做作，依紐馬克之

見，根本稱不上是翻譯（not translation at all）。

八、「改編翻譯」主要見於劇作與詩歌翻譯，通常保留原文的主題、角色與情節，原語文本與原語文化則經過「改寫」（re-written），以適合譯語文化。然而，先直譯再交由知名劇作家或詩人改編的做法卻產生諸多劣質的譯文。

在實際的翻譯工作中，這八種方法相互配合，並不是選定了某一個，便貫徹到底，或避免使用與之相對的翻譯方法。

在這八種翻譯方法當中，處在最底層的「語義翻譯」與「溝通翻譯」，囊括了上層翻譯方法特色，在紐馬克的分類中，屬於理想譯法。依他所見，只有這兩種方法可以達到翻譯追求精確（accuracy）與簡潔（economy）的兩大目標。[65]

下面這段截取自小說《鴻：三代中國女人的故事》的中文譯文便結合了「語義翻譯」與「溝通翻譯」的特色：

> 我姥姥算是個美人胚子。瓜子臉，細膩而富有光澤的皮膚，濃密黑亮的頭髮梳成獨辮垂到腰上。大部分時間，女人只能文靜，姥姥也就顯得文靜。但矜持的外表下，她充滿活力。她的削肩柳腰是當時美的標準。[66]
>
> （My grandmother was a beauty. She had an oval face, with rosy cheeks and lustrous skin. Her long, shiny black hair was woven into a thick plait reaching down to her

---

[65] 同前註，p. 41。

[66] 張戎著，張樸譯：《鴻：三代中國女人的故事》（臺北：麥田，2014），頁3。

waist. She could be demure when the occasion demanded, which was most of the time, but underneath her composed exterior she was bursting with suppressed energy. She was petite, about five feet three inches, with a slender figure and sloping shoulders, which were considered the ideal.[67]）

翻譯部分行文自然、用語優美，在文字與語境的氣氛堆疊上再現原著小說描述女性的美麗神態，而偏向古典的譯語也呼應了清末民初的故事背景，點出介於古文與白話交替的時期。譯文一方面盡力重現原文內容，另一方面配合譯語習慣，並未按照英文字面譯出「玫瑰色般的雙頰」的西式形容用語。原文裡的身高5呎3吋則完全在譯文中省略，可以假設是考量故事時空因素，當時的敘事習慣大概難得提及人的身高這一項吧。

　　雖然「語義翻譯」與「溝通翻譯」最相近，但仍有不同之處。最明顯的區別在於前者為原文導向，著重文本的個人層面，譯者沿著原文作者的思慮過程前進，詮釋（interpret）作者思想，盡量保留原文一切細微意義，適合表達型文本（expressive texts）；後者為譯文導向，關注文本的社交層面，譯者解釋（explain）文本的主要訊息或中心思想，產生自然簡潔的譯文，適用於資訊型文本（informative texts）與呼籲型文本（vocative texts）。[68]

　　簡單地說，「語義翻譯」含有直譯與忠實翻譯的特色，極力還原原文的語法結構、語境關聯及文化意涵，發揮語言的表達功能，以如實呈現原作思想內涵。「溝通翻譯」則包含道地翻譯與意譯的特徵，以符合

---

[67] Jung Chang, *Wild Swans: Three Daughters of China* (New York: Touchstone, 1991), p. 4.

[68] Peter Newmark, *A Textbook of Translation* (Hempstead: Prentice Hall, 1988), pp. 47-48.

譯文讀者的慣用語法為訴求，發揮語言的傳遞資訊與引發行動的功能，旨在產生貼近譯語習慣的譯文，因而行文用字在讀者看來較為自然流暢。

　　紐馬克認定所有的文本都可以翻譯，但可能會因若干因素而無法達到與原文一致的效果，因此不可能有完美、理想或正確的譯文。[69]基於這樣的想法，他認為譯者不可能創造原文與譯文之間的「對等效果」，特別是奈達重視讀者反應而提倡的「動態對等」。在他看來，「等效」是令人嚮往的翻譯結果（a desirable result），並非翻譯追求的目標（aim）。[70]倘若譯者需要在原文作者與譯文讀者之間選邊站，對紐馬克而言，雖然讀者的需求與期待需要考慮，但忠實地傳達原文思想或原作旨意才是譯者之責。

功能學派

　　自1970年代晚期開始，翻譯研究開始由原文導向朝著譯文導向推進，當中一個發展方向是「功能學派」（Functionalist Approaches）。這一派的的理論學家跳脫字句的對應，將翻譯活動的重心放到譯文這一端，強調文本以外的成因可能會對翻譯造成影響。文本外的成因指的是譯語環境中的社會文化因素，像是翻譯案子的委託客戶、譯本的功能與目的等等，「功能學派」的翻譯理論明顯傾向實際的譯者訓練。

　　奈達在探討對等原則時，曾談到了不同文本類型與翻譯目的在翻譯過程中的作用，這兩個觀點後來由德國的「翻譯功能學派」深入討論。

　　「翻譯功能學派」在1970至1980年代當中興起，將翻譯研究的焦

---

[69]　同前註，p. 6。

[70]　同前註，p. 48。

點由傳統的直譯意譯之爭、歸化異化之辯，以及語言學導向的對等概念，慢慢移向文本類型（text type）與翻譯目的（purpose）的探討，換句話說，實際的翻譯方式端視不同文章種類與譯者意圖而調整。前者的代表人物有萊斯（Katharina Reiss, 1923-），後者有費米爾（Hans Vermeer, 1930-2010）。兩人都是德國的語言學與翻譯學者，彼此爲師生關係，他們的翻譯觀點被稱爲「萊斯／費米爾方法」（the Reiss/Vermeer approach）。[⑦]

文本類型學

萊斯提出「文本類型學」（a typology of texts），認爲翻譯方法的選擇，並非單由特定譯語讀者這一因素決定，也不該貿然在歸化或異化策略當中選擇，特別是後者，逕自二選一，只會在翻譯過程中，演變成一發不可收拾的任意武斷行爲（arbitrary action）。[⑦]萊斯在意翻譯方法的選擇跟文本種類之間，是否彼此對應、合適，以及翻譯方法能否體現文本的重要特色（the essential characteristics of the text）：

> 影響譯者選擇翻譯方法的首要因素，便是文本類型劃分，而選定的翻譯方法，與文本也應能夠充分相合。
>
> （The type of text is the primary factor influencing the

[⑦] Edwin Gentzler, *Contemporary Translation Theories* (London: Routledge, 1993), p. 71.

[⑦] Reiss, Katharina, *Translation Criticism: Potentials and Limitations* (Manchester: St. Jerome, 2000), pp. 17, 23.

translator's choice of a proper translation method. [...] A translation method should be rather fully adapted to a text type.[73])

　　萊斯將文本分成四類：資訊類（informative）、表達類（expressive）、召喚類（operative），以及視聽類（audiomedial），前三類最受到關注與討論。英國翻譯理論學家蒙德（Jeremy Munday, 1960-）以簡單清楚的表格，介紹萊斯的「文本類型學」，描繪其文本功能特色，以及與翻譯方法之間的關聯：[74]

（爲方便下文說明，表格內附上中文解釋。）

Text Type 文種	Informative 資訊類	Expressive 表達類	Operative 召喚類
Language function 語言功能	Informative （representing objects and facts） 提供事物實例與事實眞相等資訊	Expressive （expressing sender's attitude） 表達原文作者的態度與觀點	Appellative （making an appeal to text receiver） 呼籲譯文讀者的回應與行動
Language dimension 語言特點	Logical 邏輯清楚	Aesthetic 藝術美感	Dialogic 對話溝通
Text focus 文本重心	Content-focused 內容爲主	Form-focused 形式爲主	Appellative-focused 感召爲主

---

[73] 同前註，pp. 17, 24。

[74] Jeremy Munday, *Introducing Translation Studies: Theories and Applications* (London: Routledge, 2001), pp. 73-74.

Text Type 文種	Informative 資訊類	Expressive 表達類	Operative 召喚類
TT should 譯文目標	Transmit referential content 傳達指涉內容	Transmit aesthetic form 傳遞藝術形式	Elicit desired response 召喚同等反應
Translation method 翻譯方法	'Plain prose', explicitation as required 平鋪直敘，清楚易懂	'Identifying' method, adopt perspective of ST author 呈現美感，原作者觀點優先	'Adaptive', equivalent effect 適應譯語讀者，創造同等效果

一、資訊類（informative）的文本特色以內容爲導向，著重知識或觀念的客觀陳述，譯者需要維持內容的完整不變（invariability）。也就是說，訊息的確實傳遞爲主要任務，形式可以斟酌調整。原文裡如有隱晦不明的地方，譯文甚至可能得清楚闡釋（It may be necessary that what is conveyed implicitly in the SL text should be explicated in the TL.[⑤]）。

二、表達類（expressive）的文本側重形式，原文作者的看法與訊息的形式是主要訴求，翻譯首要重現文本的美感與創意本質，注重文本的藝術風格與文學技巧，語義跟語法結構則退居次位。萊斯的見解是，譯者需要能夠體認或認同原文作者的藝術與創作意圖，以維持文本的藝術特性（The translator identifies with the artistic and creative intention of the SL author in

---

⑤ Katharina Reiss, 'Type, Kind and Individuality of Text: Decision Making in Translation', trans. by Susan Kitron, in *The Translation Studies Reader*, ed. by Lawrence Venuti, 2nd edn (London: Routledge, 2012), pp. 168-179 (p. 175).

order to maintain the artistic quality of the text.[76]）。

三、召喚類（operative）的文本通常具有某一個明確的目的，旨在達成非語言層面的結果。換句話說，召喚就是感染、勸說讀者，呼籲他們給出明確回應或採取行動，所以，翻譯的目標便是打動、說服讀者。感召性質的文本傳達的意向不在字面上，大都隱藏在文字裡，因此，譯者不能只是信實地翻譯內容與形式，而是必須在譯文中創造出與原文相同的效果。說服性語言含有心理訴求的機制，是為了激起讀者與聽眾的情感認同，因此在譯語情境中使用時，需要視譯語讀者的需求而調整（The psychological mechanisms of the use of persuasive language should be adapted to the needs of the new language community.[77]）。

　　雖然蒙德的圖表清楚展現萊斯的文本分類與相對應的翻譯策略，但在實際的翻譯過程中，翻譯方法的選擇與應用，並非一是一、二是二地無可更改，並非如同表格所示，必須完全對應、分毫不差，實際上經常需要合併或替換使用。

　　就文本種類而言，一個文本也不可能完全只隸屬於某一種類型。以心靈諮詢類書籍為例，由於該類文本提供專業心理治療知識，應劃分為資訊類文本，但若偏向敘事治療方式，運用大量個案故事與心情表述，則含有原作者與原敘事者的情感意向，便具有表達類文本特色。假如原作者在文中穿插專業指導與經驗智慧，希望引發讀者行動，那麼這份文本又屬於召喚類文本。

　　另外，相同的詞彙或術語，若出現在不同類別的文本裡，處理方式

---

[76] 同前註。

[77] 同前註，p. 176。

也會有所不同。萊斯舉「隱喻」（metaphor）修辭方法為例，在以形式主導的表達類文本中，翻譯時應以相當於「隱喻」的手法呈現，但在以內容為主的資訊類文本中，只要解釋清楚即可，不需要非得使用相等或近似的「隱喻」方式。⑦⑧

　　我們用科幻電影《星際大戰》中的經典臺詞"May the Force be with you!"來解釋萊斯的概念。「原力」（The Force）是電影中的絕地武士（Jedi Knights）經歷畢生修為後所擁有的一種神祕力量。「原力」賦予絕地武士力量，讓他們可以啓動光劍、感知宇宙能量，還可以預測未來。「原力」如此神奇，因此絕地武士總以"May the Force be with you!"問候他人，代表一種祝福。四十年來，中文翻譯一直是「願原力與你同在」，在字面上如實地傳達著那不可言說的強大生命力量，影迷只要聽到這句話，大概都露出會心一笑。但是當這句話出現在電影外，對著沒看過《星際大戰》，也不了解用語典故的人說的時候，譯者是否照舊翻譯？收錄時下年輕人生活用語的美國線上俚語字典*Urban Dictionary*（城市辭典）這樣解釋這句話：

> Saying "May the force be with you" would be to wish someone well, that they would succeed and be protected from dangers [...] It can also mean: good luck, be well, good fortune, may good things happen to you.

　　也就是說，在日常生活中，談話內容的主旨若是為了問候、祝福他人，像是病人、考生，或者旅人，希望帶給對方勇氣與運氣，祝福對方平安健康、所願皆成，那麼這句話最合適的翻譯應是「祝你好運」，也

---

⑦⑧ Reiss, Katharina, *Translation Criticism: Potentials and Limitations* (Manchester: St. Jerome, 2000), p. 58.

可視對象調整爲「早日康復」、「考試順利」或「旅行平安」。

　　原則上，萊斯提出的三種文本各有鎖定的翻譯對象跟應用類別。資訊類文本純粹傳達內容，要求訊息準確、溝通有效，因此會考量譯文是否可以讓譯語讀者（訊息接受方）了解，屬於譯文導向。新聞報導、教材（如：課本、參考書）與技術文件（如：證書、表格、使用手冊）等等，都是以內容爲主的文本。表達類文本的重心放在原文作者（訊息傳送方）上，也就是原文導向，傾向在譯文裡，透過類似的藝術審美手法，傳遞原作者的文藝美學觀念。文學作品（如：詩詞、劇作、小說）注重表現技巧與修辭風格，便是以形式爲主的文本。召喚類文本旨在引發譯語讀者（訊息接受方）的行爲反應，達到原文想要製造的效果，因此，製造渲染力，繼而影響讀者與視聽大眾便是譯者的重要任務。廣告與競選演說即是明顯的勸說型文本例子。

　　雖說資訊類文本注重內容，表達類文本側重形式，但並不是說前者可以任意放棄形式，或後者可以隨意竄改內容，畢竟譯文是因爲原文而存在，原本的意向與風格都必須尊重，翻譯時仔細斟酌取捨。萊斯自己也強調，內容與形式密不可分，唯有形式合適，內容才能妥切表現（Only in the proper *form* is the *content* properly expressed.[79]）。

目的論

　　"I don't like coffee." 這句簡單的日常話語可能有下列翻譯選項：

1. 我不喜歡咖啡。
2. 我對咖啡沒有愛。

---

[79] 同前註，p. 28。

3. 我不是咖啡的粉絲。

4. 咖啡是我的拒絕往來戶。

5. 咖啡被我封鎖／刪除了。

你喜歡哪一個翻譯？你認為哪一個才是「好」或「忠實」的翻譯？你決定的標準是依據上下文關係嗎？那麼是按照原文的意涵，還是譯文的目的？

　　在萊斯的「文本類型」基礎上，費米爾提出「目的論」（Skopos Theory），主張翻譯是帶有目的的行動。這裡的目的指的是翻譯目的，不是原作目的，原作與譯作的目的或功能不見得相同。

　　舉例來說，寫於十八世紀的《格列佛遊記》（*Gulliver's Travels*）原本是作者斯威夫特（Jonathan Swift, 1667-1745）對當時的社政現象提出批判與諷刺，但在臺灣，一般讀者（特別是兒童讀者）都當作是一本歡樂有趣的冒險小說來看。原作是成人世界裡嚴肅的政治寓言，譯作成了奇幻娛樂的兒童讀本。

　　又例如：一則新聞若出現在報章媒體上，目的是為了報導事件，告知大眾事件始末，但若收錄在中英對照的英語學習書籍裡，教育變成了主要目的。為了服務外語學習對象，翻譯通常肩負字彙與文法教學任務，傾向逐字逐句翻譯，盡量不任意刪減文字，行文造句甚至會出現「翻譯腔」，譯者也會視需求，在文中以括號安插解釋或補充訊息，如下文：

> Loads of cut-price designer goods are still going on sale in supermarkets. Demand is high for discounts. But today's ruling means that millions of pounds worth of cheap designer imports, known as grey goods, must come not from the cheapest markets in the world but from within Europe

[...] but we're gonna keep campaigning to get the law changed.

很多削價的設計師品牌貨仍在超級市場裡廉價販售著。對於折扣的需求是很高的，但今天的裁決意味著價值數以百萬英鎊計的廉價設計師品牌進口貨，也就是所謂的「灰市貨」（意即以非正式方法買進貨品再以較低的價格出售），必須從歐洲地區進口，而不能從世界上其他最便宜的供應市場進口……但我們會繼續一連串（抗議）活動以促使法令改變。[80]

　　有時候，為了避免阻礙讀者的理解與流暢閱讀，在面對文化差異的時候，譯者可能會選擇省略部分或全部訊息，下文便是一例。段落截取自英國暢銷小說《遇見你之前》（*Me Before You*）的第十一章開頭，描述故事所在地的小鎮在冬去春來的季節轉換中，逐漸迎來異國觀光客：

Here, in our little town, it was the return of the tourists. At first, a tentative trickle, stepping off trains or out of cars in brightly coloured waterproof coats, clutching their guide-books and **National Trust** membership [...] I liked to hear the accents and work out where their owners came from, to study the clothes of people who had never seen a **Next** catalogue or bought a five-pack of knickers at **Marks and**

---

[80] Jane Hardy-Gould, Anna Southern, Adrian Wallwork, Gwen Berwick, Sydney Thorne著，許文綺、王建文、鄭雅云譯：《BBC新聞英語精通（*BBC World News English*）》（臺北：書林，2005），頁165-166。

Spencer's.[81]（粗體爲本書作者所加。）

段落裡特別標示粗體的三個名詞是在英國日常生活中經常出現的機構與品牌。"National Trust"是「國家信託組織」，負責管理文化資產與古跡景觀，例如：著名的史前巨石陣（Stonehenge Landscape）便由其維護，會員可以免費參觀組織旗下的各個景點。"Next"是商業大街（high street）上的知名本土大衆品牌，提供男、女、童裝及家飾用品。擁有百年歷史的"Marks and Spencer's"或縮寫爲"M&S"的瑪莎百貨，結合超市、服飾與餐廳，商品講求質感，鎖定中產階級客群。由於絕大多數的臺灣讀者對這三個詞並不熟悉，在一個小段落中密集出現過多令讀者感到陌生的事物，可能會妨礙閱讀，而在一本通俗小說中也不宜使用過多註解，因此在不影響整體故事理解的前提下，譯者選擇不譯出原文的確切名稱，而以下列方式代替：「國民旅遊卡」、「我們的服飾店型錄」，以及「平價量販店」。[82]

　　「目的論」將翻譯從語言層面抬升至跨文化溝通（intercultural communication）的行爲。多數狀況下，作者在創作時，通常不會顧及譯本接受方的語言及文化，但翻譯不只是語言轉換，語言背後代表的是龐大繁雜的文化系統，兩者相互依存。費米爾強調，若只是純粹將某一語言「轉碼」（trans-coding）或「轉換」（transposing）爲另一語言，並無法產生有用、適用或實用的譯本（serviceable translatum）。[83]在目

---

[81] Jojo Moyes, *Me Before You* (London: Penguin, 2012), pp. 179-180.

[82] 喬喬・莫依絲著，葉妍伶譯：《遇見你之前》（臺北：馥林，2014），頁158。

[83] Hans J. Vermeer, 'Skopos and Commission in Translational Action', trans. by Andrew Chesterman, in *The Translation Studies Reader*, ed. by Lawrence Venuti, 3rd edn (London: Routledge, 2012), pp. 191-202 (p. 192).

的會導致結果的前提下，費米爾以"translatum"（結果或合適譯本）這個字代替常用的"target text"（目的譯本），強調帶有特定目的的翻譯行動，自然會讓譯者視情況調整翻譯策略，產生特定且因應譯本對象需求的最終翻譯產品，就是「結果譯文」（the resulting translated text）。

費米爾將翻譯（translation）視為一項翻譯行動（translational action），既然是行動，必然存在著目的（Any action has an aim, a purpose.）。[84]意思是說，每一個文本都含有某個目的，譯者需要達到譯本使用者確切想要達到的目的，也就是滿足譯文要求的功能。換句話說，「目的論」的精神就是「目的決定手段」（The end justifies the means.），翻譯行為的目的會主導翻譯過程，包含策略與方法的使用，最後產生符合某種功能的譯本。

費米爾在「目的」用字上，選擇源自希臘文的"Skopos"，是總稱的概念（generic concept），涵蓋各式各樣的目的，如："aim"、"purpose"、"function"與 "intention"。同屬功能學派的德國翻譯學者諾德（Christiane Nord, 1943-）進一步說明這些「目的」的不同之處：「（最終）目標」（aim）指的是一項行動欲達成的最後結果，「（過程）目標」（purpose）是目標達成途中的暫定階段，「功能」（function）從譯本使用者角度考量，著重譯語導向的文本功能，「意圖」（intention）則考量原文與譯文兩方面，指的是目標導向的行動計畫。[85]這些「目的」都是為了找出最適合的「最終譯本」（translatum）的翻譯方式。

「目的論」的出現補足傳統譯論的不足，再次將翻譯研究的重心，由原作者與原文導向的觀點，轉向譯者專業與譯本功能方面的探討。在「目的論」的理論架構下，譯本目的占據優勢，主導整個翻譯行

---

[84] 同前註，p. 191。

[85] Christiane Nord, *Translating as a Purposeful Activity: Functionalist Approaches Explained* (Manchester: St. Jerome, 1997), p. 28.

動，原文地位相對削弱許多。「目的論」考量的不是只有與原文對等的單一因素，因時因地而異的翻譯文本與策略，都是翻譯過程中需要納入考慮的層面。

　　因應不同譯本的使用目的與媒介，原文可能會需要不同的翻譯方法，出現多種譯本，因此是否忠實於原文不再是唯一評斷翻譯的標準，譯本也就不存在絕對的優劣好壞。如費米爾所言，雖然譯者需要貫徹處理譯文的原則，但「目的論」並沒有言明或限定原則為何，譯者該怎麼做、用什麼手段，視個別狀況（即具體的翻譯文本類型）決定，他強調：「原文不會只有一份正確或最佳譯文」（A given source text does not have one correct or best translation only.）。[86]

　　簡言之，「目的論」降低翻譯對於「忠實」的嚴苛要求，原文不再是高高在上的主人，譯文也不是只能聽命行事的奴僕。在注重目的導向與跨文化交流的翻譯過程中，譯者以專業素養判斷翻譯策略的使用與調整，同樣一篇原文可以因應不同場域條件而變化出若干不同的譯本。

　　舉例來說，一份遺囑翻譯如果分別出現在小說創作與影視節目裡，呈現方式必定不一樣。前者是靜態的純文字，是小說情節的一部分；後者可能製成道具外，還必須考量口語解釋，方便觀眾理解，如果加上配音的環節，便得考慮臺詞數目與用字，配合演員口型。倘若這份遺囑翻譯是客戶要當作呈堂證供使用的，具備法律效力，譯者就必須按照譯語慣用的遺囑書寫格式翻譯。儘管是同一份法律文件，但三個譯本的功能與服務對象截然不同，翻譯策略的選擇與運用當然也會出現差別。

　　接著再以一篇演講文為例，討論翻譯目的對譯文的影響。以下不著

---

[86] Hans J. Vermeer, 'Skopos and Commission in Translational Action', trans. by Andrew Chesterman, in *The Translation Studies Reader*, ed. by Lawrence Venuti, 3rd edn (London: Routledge, 2012), pp. 191-202 (p. 198).

墨譯文是否忠實，也不評斷譯文優劣，僅從翻譯目的觀察譯本最後的呈
現方式。

　　美國總統林肯（Abraham Lincoln, 1809-1865）著名的〈蓋茨堡演
說〉（*Gettysburg Address*）[80]是1863年林肯在蓋茨堡國家墓園開幕式上
的獻詞，已譯成許多不同的語言，流傳至今。全文僅二百多字，闡述
自由民主的可貴，提出「民有、民治、民享」（of the People, by the
People, for the People）的觀念，對當時的美國及其他國家造成很大的影
響。〈蓋茨堡演說〉原先發表時正值美國內戰期間，除了紀念犧牲的戰
士，最大的目的在於感染人心、鼓舞士氣，最終希望北軍得勝。但在
一百五十多年之後的現在，出版與翻譯目的早已異於往昔。以下節錄原
文前半段及兩個版本的譯文——

　　　原文：

　　　Four score and seven years ago, our fathers brought forth
　　　upon this continent a new Nation, conceived in Liberty,
　　　and dedicated to the proposition that all men are created

---

[80] 林肯總統任內（1861-1865），美國爆發「內戰」（Civil War, 1861-
1865），亦稱「南北戰爭」，南北各州因蓄奴一事引發對立與連串衝
突。1863年7月1-3日在賓州（Pennsylvania）引爆最血腥的「蓋茨堡戰
役」（The Battle of Gettysburg），死傷兩萬多人。該場戰役也成了最後
北方獲勝的轉捩點。同年11月，國會決定在蓋茨堡戰場上設立國家墓園
（Gettysburg National Military Park），紀念陣亡士兵。林肯在揭幕典禮
上發表此演說，簡單訴求獨立自由的美國立國精神，大振北方士氣。資
料來源見：U.S. Department of the Interior, 'Civil War Timeline', *National
Park Service* (2017) <https://www.nps.gov/gett/learn/historyculture/civil-
war-timeline.htm>。

equal. Now we are engaged in a great Civil War, testing whether that Nation, or any nation so conceived and so dedicated, can long endure. We are met on a great battle-field of that war. We have come to dedicate a portion of that field as a final resting-place for those who here gave their lives that Nation might live. It is altogether fitting and proper that we should do this.[88]

譯文（一）：

87年前，我們的先輩祖先們在這塊大陸上創建了一個新的國家，它孕育於自由之中，奉行一切人生而平等的原則。現在我們正從事一場偉大的內戰，以考驗這個國家，或者任何一個孕育於自由和奉行上述原則的國家，是否能夠長久存在下去。我們聚集在這個偉大的戰場上。烈士們為這個國家的生存而獻出自己的生命，我們聚集在這裡，是要把這個戰場上的一部分奉獻給他們作為最後的安息地。我們這樣做是完全應該的，而且是非常恰當的。[89]

譯文（二）：

八十七年前，我們的祖先在這片新大陸建立了一個嶄新的國家。這個國家，孕育於自由的信念，

---

[88] 艾柯編譯：《改變世界的演講：史上最撼動人心的文字》（臺北：日月文化，2009），頁93。

[89] 同上註，頁94。

主張人人生而平等。而今，我們投入這場偉大的
內戰，考驗著這個國家，也考驗著任何懷抱相同
理想主張的國家，我們是不是能永續生存？現在
我們大家聚集這場戰爭中最偉大的戰場上，是為
了把戰場部分土地獻出來，做為在此地為國捐軀
將士們的安息之地。這是我們義不容辭，應當去
做的事。⑨⓪

　　此處選擇的譯文（一）出於《改變世界的演講：史上最撼動人心的
文字》（2009），譯文（二）則摘自《中學生晨讀10分鐘：世紀之聲演
講文集》（2011）。兩本書名反映了各自的出版目的。譯文（一），如
歷史政治學者胡忠信寫的推薦序〈價值與信仰：公民人文主義〉所言，
是將研讀經典當作自我教育的方式，進行一場靈魂探索的旅程，藉由與
歷史心靈英雄的對話，追求價值與信仰。⑨①因此，該書提供中英對照，
方便讀者學習，而譯文處理上也偏向書面閱讀，文句組合出來所營造的
氛圍傾向靜態地表達原文語意，較適合獨自思考。

　　至於譯文（二），若大聲朗誦而出，宛如在發表大眾演說，行文
用字較為口語活潑，雖簡短卻顯得積極（可比對兩版本的最後一句譯
法），注重與讀者之間的互動（像是將原文第二句結尾由直述句改為疑
問句），希望引起讀者回應，說服他們在閱畢後立即採取某種行動。該
書主編楊照以〈說服的藝術與熱情〉為題解釋編選目的，認為一篇好的
演說，除了言語用字必須熱情之外，最需要具備強烈的說服動機，進而

---

⑨⓪　楊照編選：《中學生晨讀10分鐘：世紀之聲演講文集》（臺北：天下雜
　　誌，2011），頁69。

⑨①　艾柯編譯：《改變世界的演講：史上最撼動人心的文字》（臺北：日月
　　文化，2009），推薦序無提供頁碼。

改變他人想法或行為，但不能僅使用單向的命令口吻，因此溝通誠意很重要，而面對面口語互動是感染效果最直接迅速的方式。楊照鎖定年輕族群，希望習慣「宅」在電腦或手機上交流的年輕讀者能夠接觸不同的價值信念，精進口語表達能力，也期待他們想像該書收錄的演講話語真正以演講形式表達的樣子。[92]

　　雖說在「目的論」中，譯本目的與譯語讀者的需求是整個翻譯行動當中的決定性因素，但這並不代表原文完全不重要或可以直接捨棄。翻譯不是憑空發生的行為，譯文資訊的給予是源自原文訊息的給予，意即，翻譯行動奠基在原文基礎上，沒有原文，就不可能有譯本的存在。因此，原文與譯文之間必須維持「文際連貫」（intertextual coherence），彼此保有對應關係，也可以說是一種對原文的忠實與對原作者的尊重，但「文際連貫」仍不及「文內連貫」（intratextual coherence）重要，也就是說，譯語環境中的翻譯目的與譯本功能才是「目的論」的核心論述。[93]

　　總而言之，「目的論」讓譯者的能見度大幅提高，對原文訊息的選擇也擁有較大的自主權。譯者主要負責的對象是譯語讀者，不是原語作者。

---

[92] 楊照編選：《中學生晨讀10分鐘：世紀之聲演講文集》（臺北：天下雜誌，2011），頁6-9。

[93] Christiane Nord, *Translating as a Purposeful Activity: Functionalist Approaches Explained* (Manchester: St. Jerome, 1997), p. 32.

翻譯系統論

多元系統理論

　　什麼是「翻譯文學」（translated literature）？在臺灣長大的我們，其實一直被翻譯文學包圍著。想想我們在成長過程中看過的故事，不管是《桃太郎》、《小王子》、《大耳查布》、《清秀佳人》，還是近年紅遍全球的《哈利波特》系列，都是翻譯文學。大學外國文學課上使用的「原文書」課本或參考書，例如：《百年孤寂》、《變形記》或《生命中不能承受之輕》，其實也是從歐洲語文譯成英文的翻譯文學。我們一路看過的兒少讀物與成人文學，都是經過譯介而來，於是我們記得許多西方世界文豪的名字，像是馬奎斯、卡夫卡或米蘭・昆德拉。那從相對的角度來看，西方一般讀者認識臺灣作家嗎？即使李昂（1952-）的經典文學小說《殺夫》（1983）已被譯成英法德日等語言，他們對這本譯作是否熟悉？

　　在臺灣的出版活動中，翻譯作品（不限於文學類）一直很活躍。在目前（2017年4月）臺灣大型網路書店博客來的暢銷書籍排行榜上，無論是按週或按月統計，前十名當中，翻譯圖書占了一半以上，主題多與心理勵志及商業理財相關，進口國主要是美國與日本。標示著「翻譯文學」的選項中，幾乎都是當代小說類別的天下，原語國家依然以歐美日為大宗。

　　英美網路書店的排行榜呈現與我們截然不同的狀態。英國水石書店（Waterstones）的前十名暢銷書當中沒有一本是譯作，在「翻譯小說」（fiction in translation）的類別裡，歐洲大陸占了七成，南美的巴西以及亞洲的日韓各占一席。美國巴諾書店（Barnes & Noble）也是一樣的狀況，而叢書主題中更沒有翻譯類別的選項，只有西班牙語文圖書（Libros en español）被特別獨立出來。

　　相對於英美出版消費市場對翻譯作品的不感興趣，臺灣顯然偏愛進口的譯本。我們為什麼多由外地引進書籍？是喜歡還是需求？還是強勢的語言及文化可能會影響弱勢文化與出版社選取原作的策略？臺灣接受大量翻譯圖書純粹是讀者口味的單一原因，抑或是更龐雜的歷史文化因素？「多元系統理論」（Polysystem Theory）也許可以為這個現象提供一個解釋觀點。

　　這裡所說的「系統」指的並非井井有條、分門別類的「有系統」（systematic），而是涉及或影響整體組織脈絡──「全體系」（systemic）的意思。以臺灣的多元文化社會打個比方：在地理與歷史的背景下，臺灣社會長期以來呈現濃厚的移民文化色彩，融合原住民、閩南、客家、大陸各地，歐洲（荷葡西三國）與日本的殖民文化，二戰後美國流行文化，以及近期來自東南亞的新住民。這些不同時期的短暫或長久住民及其代表的文化形成各個不同的文化系統，一起在臺灣社會裡打造出一個異質（heterogeneous）或各式各樣的文化多元系統。這些文化上的影響在臺灣的民族社會裡一直不斷地流動碰撞，並非彼此無涉，而是持續地密切互動，產生變化。在不同的時代條件下，有時候外來文化與權力主導社會，有時候本土意識引領潮流。回到「翻譯文學」（translated literature）上，也是一樣的。翻譯文學是整個大文學系統中的一員，自身便是一個系統，不是個別的譯作而已。翻譯文學系統與其他的文學系統（如：各種文學形式與傳統），乃至整個譯語社會文化系統（如：語言使用、讀者期待、出版機構、意識型態、政治氛圍與大眾文化等）發生交互作用。

　　「多元系統理論」由以色列學者伊文－佐哈（Itamar Even-Zohar, 1939-）在1970年代提出，著墨的重點不在個別文本分析，不從微觀角度討論語言轉換，而是從宏觀的層次看待翻譯現象與趨勢。「多元系統理論」的出現將翻譯由對等及忠實等語言層面的討論徹底移轉至譯本在

譯入環境中的角色與定位。

　　伊文－佐哈在他那篇深具影響力的〈翻譯文學在文學多元系統中的位置〉（The Position of Translated Literature within the Literary Polysystem）一文中，將翻譯文學視爲譯語環境裡社會文化活動的一部分，翻譯作品也是譯語環境中文化與文學系統的一部分，與其他各個系統互動，產生交會流變。翻譯文學的角色定位可能處於系統邊緣（peripheral），也可能進入系統核心（centre），而且這是一個持續活動（dynamic）的狀態，通常不會永遠靜止停駐（static）。在某些文化環境下（又稱「初級模式」"primary model"），翻譯文學會快速地從邊緣移向中心，成爲引領風潮、形塑在地文化的主力，但在其他情況下（又稱「次級模式」"secondary model"），翻譯文學在多元系統裡一直被建構於邊緣的位置，雖然無法被接受成爲主流文化裡的主角，但由於翻譯文學所帶來的新刺激，卻也可能成爲捍衛傳統文化的一種助力。[94]

　　伊文－佐哈強調翻譯作品與譯語環境裡的「在地共存系統」（home co-systems）的關聯（correlation）：第一點，翻譯作品的選取原則（principles of selection）與「在地共存系統」相互關聯；第二點，翻譯作品採用的「文學形式庫」（literary repertoire），即規範、行爲與策略方針（norms, behaviours, and policies）亦與其他「在地共存系統」相互影響。[95]換言之，一部外國作品（不限文學類）被選取譯入在地可能是偶然，也可能是刻意，而翻譯的規範、行爲與策略方法也會受譯語環境的多元系統的影響而產生變化，以符合或順應當時的需求與功能，《山居歲月》一書的譯介便是一例。

---

[94] Itamar Even-Zohar, 'The Position of Translated Literature within the Literary Polysystem', in *The Translation Studies Reader*, ed. by Lawrence Venuti, 3rd edn (London: Routledge, 2012), pp. 162-167 (p. 165).

[95] 同前註，p. 163。

　　1987年臺灣社會解嚴，政治氛圍逐漸開放，人民開始經歷社會文化及媒體發展的自由多元，對生活品質有了不同以往的看法，大眾圖書出版的形式庫也更加豐富。書市在1993年出現一本記敘體材的旅遊文學翻譯作品——《山居歲月》，由尹萍譯自英國作家梅爾（Peter Mayle, 1939-）於1989年出版的《在普羅旺斯的一年》（*A Year in Provence*），講述作者與妻子離開倫敦到法國南部普羅旺斯生活的鄉居記事。[96]《山居歲月》的出版帶給臺灣社會不同的人文價值觀點，也連帶影響當時及後來的譯作取名策略。「山居歲月」這四個字似乎成為出版社喜歡使用的書名，例如：《十隻貓的山居歲月》（*Sanctuary in the South*）（2000）、《山居歲月》（*My Side of the Mountain*）（2002）、《希臘山居歲月》（*It's All Greek to Me!*）（2005），以及《義大利的山城歲月》（*Nel Legno e nella Pietra*）（2006）等書。

　　鄭淑娟在她關於飲食文學的研究中，也提到《山居歲月》對當時臺灣飲食類圖書的出版方向與策略，可能產生一些影響，傾向「結合簡樸生活與大自然的寫作方式」：

> 這本講究悠閒步調的生活紀錄，不但讓原本默默無名的法國普羅旺斯成為全球最著名的觀光景點與人間天堂，也讓當時的臺灣社會經歷了一場新生活運動，並影響了當時許多著作的出版方向。1995年，凌拂的《食野之苹》出版，可算是這波新生活運動的代表作。[97]

---

[96] 彼得・梅爾著，尹萍譯：《山居歲月—普羅旺斯的一年》（臺北：季節風，1993）。

[97] 鄭淑娟：〈臺灣飲食文學出版概況〉，《全國新書資訊月刊》，6月號（2007），47-64（頁49）。

《山居歲月》的確在臺灣引起熱賣，1998年3月已達18刷。這本譯作切中當時都市人嚮往田園生活的想法，也帶動後續同樣始自1998年的「樂活」（LOHAS）潮流，講求簡單、環保、養生，嚮往大自然生活的態度，連音樂出版品也跟上「慢活」腳步，如：風潮音樂的鋼琴演奏專輯《山居歲月》（2002）。

之後，《山居歲月》的熱潮雖然逐漸退卻，但這本書似乎成了旅遊文學裡的代表讀物，在時機合適的時候，新的譯者帶著不同的背景與觀點，賦予新譯本全新的面貌。近年來，鎮日忙於生計的臺灣人開始追求生活裡的「幸福感」，電視與網路媒體充斥大量關於自助旅遊與精緻飲食的訊息。或許出自這樣的社會文化氛圍，《山居歲月》在2012年以全新面貌出現書市，這一次由長年旅居荷蘭的美食旅遊作家韓良憶重新翻譯。[38]她在處理書裡提及的飲食部分時，更加仔細著墨，如下則讀者書評所言：

> 兩譯者均優秀，但新譯本對於「食物」的翻譯更傳神（譯者本身的烹飪興趣貢獻不少）。例如：舊譯本「檸檬布丁」→新譯本「檸檬雪酪」；舊譯本「鄉下葡萄汁」→新譯本「葡萄渣果汁」，舊譯本「蝸牛蘸蛋黃醬、鱈魚、大蒜醬煎蛋」→新譯本「蝸牛鱈魚水煮蛋三拼佐大蒜美乃滋」……更多對主菜傳神的描述。看此書時，彷彿自己也置身在當地小餐館中，一邊喝著茴香酒

---

[38] 韓良憶：《山居歲月：我在普羅旺斯，美好的一年》（臺北：皇冠，2012）。

一邊吃著令人讚嘆不已的食物。[99]

　　伊文－佐哈認為翻譯文學是革新文學多元系統的重要媒介與有力工具，可望在譯語環境中促成新的文學形式庫的發展，像是新的詩歌語言、寫作模式及技巧，而翻譯作品的選取原則（principles of selection）則與譯語環境裡的「本國共存系統」狀況相互關聯，甚至取決於後者，意即，一文本的選取取決於該文本是否適合某種目的與功能，如呈現新的文學手法或為其所用。（It is very clear that the very principles of selecting the works to be translated are determined by the situation governing the (home) polysystem: the texts are chosen according to their compatibility with the new approaches and the supposedly innovatory role they may assume within the target literature.[100]）

　　在下列三種情況下，翻譯文學會從多元系統的邊緣向中心移動：一、某文學仍在發展階段，處於「未成氣候期」（young）；二、某文學處於邊緣位置（peripheral）、弱勢（weak），或兩者皆有；三、某文學出現轉機（turning points）、危機（crises）或真空狀態（vacuums）。[101]以臺灣的情形來說，我們大量輸入譯作的背後原因可能是缺乏足夠的創作人才與作品類別，與歷史悠久且龐大多元的歐美出版市場相較，我們在原創作品的發展上相對稚嫩、狹小，因此譯作容易進入我們的多元系統中心，填補空缺。另一方面，相對於較強勢的西方

---

[99] 清風（臺灣臺北）：〈會員評鑑〉，《博客來》，2012年10月24日，<http://www.books.com.tw/products/0010560184>。

[100] Itamar Even-Zohar, 'The Position of Translated Literature within the Literary Polysystem', in *The Translation Studies Reader*, ed. by Lawrence Venuti, 3rd edn (London: Routledge, 2012), pp. 162-167 (p. 163).

[101] 同前註，pp. 163-164。

（特別是英語）語言及文化，屬於弱勢文學與文化的我們仰賴「翻譯」輸入知識與資訊，從他們的文學形式庫當中提取我們需要的文本類型，從童書到人際關係等主題類別，一方面滿足讀者需求，一方面藉此豐富自身的文學形式庫。於是，與我們鄰近的強勢文學形式庫——日本，也成爲我們吸取文學經驗的來源，在日本文壇知名的暢銷作家，如：村上春樹（むらかみはるき/Haruki Murakami, 1949-）與東野圭吾（ひがしのけいご/Keigo Higashino, 1958-）等人，在臺灣也都擁有「高人氣」。除此之外，世代的交替或時勢的轉變也會引發翻譯作品的需求。舊的、傳統的文學模式與書寫傳達的思想觀念不再受到年輕一代讀者的青睞時，挾帶新觀念的譯作便容易順勢攻占系統中心位置。當代的年輕讀者在自由且物質普遍無缺的環境中長大，較上一代更加重視自我價值與夢想追求，這便能解釋爲何目前臺灣書市排行榜上的心理勵志書籍大多與「勇敢做自己」的主題相關。

　　多元系統裡的中心與邊緣位置並不會一直停滯不動，而是不停地來回移動，特別在極容易接受、也極容易淘汰新事物的臺灣社會裡，更是如此。以飲食流行文化來看「中心—邊緣」的移動概念，或許會更加清楚解釋這個流變與消長的連動現象。1998年臺灣社會出現由港澳渡海來臺的葡式蛋塔風潮，從麵包坊、夜市到專門店，處處可見蛋塔蹤跡，但三個月後熱度退卻，專門店接連倒閉。[⑩]外來的甜點迅速攻占本土糕點多元系統的中心，引領短暫流行，但又很快「退燒」，在消費者失去興趣的情況下，移向了系統邊緣。位於邊緣並不代表完全銷聲匿跡，只是不再爲主流商品，但卻刺激、豐富了本土的糕點形式庫，也依然在麵包店上架（雖然不是每一家），待時勢轉變，又突然跑向系統的中心位置。2011年葡式蛋塔便又「重返戰場」，儘管很快地又退回了邊緣地

---

⑩ 郭美懿：〈蛋塔奇兵〉，《蘋果日報》，2011年12月26日，<http://www.appledaily.com.tw/appledaily/article/finance/20111226/33913458/>。

帶。[16]或許，多年後的某一天，葡式蛋塔又會捲土重來，再次進入系統的核心。

有時候長期占據中心位置的作品則成了「經典」（canon），例如：在臺灣書市的翻譯文學項目上，日本文學家紫式部（むらさきしきぶ/Shikibu Murasaki）的《源氏物語》（げんじものがたり/*The Tale of Genji*, 1001-1008）、英國小說家珍‧奧斯汀（Jane Austen）的《傲慢與偏見》（*Pride and Prejudice*, 1813），以及愛爾蘭現代主義作家喬伊斯（James Joyce）的《尤里西斯》（*Ulysses*, 1922）等世界名著便是歷久彌新的經典小說，歷經百年，乃至千年以上的時間，依然在印刷出版市場裡屹立不搖，甚至以影視媒體形式在現代社會重新呈現。

文化轉向

在教育體系裡，許多人認為學習翻譯是為了增進外語能力，可以用來評量聽說讀寫四種基本能力，測驗對原文內容的理解程度，於是翻譯僅是原文旁邊的輔助，譯本也只是參考教材而已。如英國當代著名的翻譯理論學者巴斯奈特（Susan Bassnett, 1945-）所言，若將翻譯視作外文教學方法的工具，那麼翻譯的目的便只在證明字彙與文法知識是否紮實，一味地要求譯文完全精確，必須忠實地複製原文的文法、句構與字彙，而翻譯的討論也僅止於此，停留在狹隘的忠實翻譯層面上。[17]

如此一來，翻譯只能停留在語言層面的討論，反覆琢磨信實與否、譯文好壞、誤譯及不可譯等問題，無法超越現況。無論時代如何更

---

[16] 同前註。

[17] Susan Bassnett, *Translation* (London: Routledge, 2014), p. 150，亦見其 *Translation Studies*, 4th edn (London: Routledge, 2014), p. 15。

送，譯者永遠只能忠誠地效忠原文作者，譯文是原文永遠的奴僕，翻譯研究（Translation Studies）當然也無法隨著時代演進繼續向前發展。

語境

　　爲了擺脫原文導向與重視翻譯規範的傳統翻譯觀，巴斯奈特與出身比利時的翻譯理論學者勒菲弗爾（André Lefevere, 1945-1996）在1990年共同提出翻譯的「文化轉向」（cultural turn）論述，將譯本放在文化語境裡處理，主張文化才是翻譯的操作單位。⑮兩人認爲翻譯研究需要跨越「對等」（equivalence）概念，不一味追求原文與譯文之間的相同，如此一來，翻譯才不會一直侷限在譯文的優劣或忠實與背叛原文的辯論裡。⑯

　　換句話說，翻譯並不是一項只單純處理文字的活動，翻譯會跟文本所處的周邊環境交涉牽扯。翻譯不僅僅是文字內容的轉碼而已，而是兩個文化之間的轉換，甚至可以說翻譯一直是兩個文化之間的互動，不同的文化體透過翻譯看待彼此。

　　「文化轉向」的翻譯焦點放在較爲宏觀的議題上，描述、解釋、發現乃至預測翻譯現象、趨勢和模式。最重要的是，該理論傾向「就譯文論譯文」，揚棄原文至上的傳統論述，不認爲原文是整個翻譯活動的中心。「文化轉向」的翻譯觀格外關注譯語環境背景，即語境（con-

---

⑮ André Lefevere and Susan Bassnett, 'Introduction: Proust's Grandmother and the Thousand and One Nights: The "Cultural Turn" in *Translation Studies*', in *Translation, History and Culture*, ed. by Susan Bassnett and André Lefevere (London: Pinter, 1990), pp. 1-13 (p. 8).

⑯ 同前註，p. 12。

text）、歷史（history）與成規（convention）：

> 一則文本在一個語境裡產生之後，便轉移到另一
> 個語境，讓另一群來自不同的歷史背景、擁有不
> 同期待的讀者使用。意即，文本在譯出（來源）
> 語境與譯入（目標）語境中的接受狀況永遠不可
> 能相同。
>
> （A text is produced in one context and is then transposed
> into another context for another readership with a different
> history and different expectations. What this means is that
> there is always going to be discrepancy between the recep-
> tion of a text in the source context and its reception in the
> target system.[10]）

這裡的「語境」指的不是一篇文章中的純粹上下文關係，而是時代脈
絡、時空背景的意思。已完成的譯本已然成為當下歷史的一部分，從譯
語語境的任一層面來看，譯本都不再是真空室裡與外界隔絕的產品。
「文化轉向」翻譯觀關注的便是翻譯如何與當代的時空背景及種種參與
其中的因素（如：國家、社會、政治、文化、文學規約、意識型態、價
值觀或權力機構等）產生互動跟連結、如何在譯文的接受環境中發揮作
用、如何透過譯文讀者的反應而轉化。

　　另外，翻譯除了考量因時代變遷而產生差異的翻譯標準、呈現譯文
的媒介與譯文最後置入的語境，還得考慮翻譯的功能與對象。依巴斯奈
特與勒菲弗爾兩人看法，翻譯絕不是孤立於社會文化背景之外的活動，

---

[10] Susan Bassnett, *Translation Studies*, 4th edn (London: Routledge, 2014),
　　p. 85.

往往會跟所處的時空環境產生連結。他們所提出的「文化轉向」翻譯觀格外注重來源文本（source text）經由翻譯成為目標文本（target text）後，在目標語境中的「接受狀況」（reception），也就是譯本使用者或讀者的反應。原文的產生考慮到原語讀者，而譯文的產生當然是考慮到譯語讀者。這兩類讀者的成長背景不一樣，對生活的感受、世界的看法、事物的理解皆可能擁有截然不同的反應，因此原文讀者的反應與譯文讀者的反應，自然會存在歧異。

接下來先用一個電影中的書信例子解釋上述概念。

> 泪來吾孫知悉：汝去家滿載，諒已入世。我與奶奶雖日日牽掛，然念汝成人，定當自立，我們也不欲分你心。汝今學成，更應勤勉慎獨，勿憚勞，勿恃貴。家中悉好，不必掛念。你奶奶叮囑，切吃早飯，天冷加衣，話雖絮煩，且務必遵從。爺爺。

如果現在請你將上面這封書信譯成英文，你會怎麼做？著手翻譯前，會不會納悶信件為何要以古文口吻呈現？翻譯時需要以古體英文翻譯嗎？到底是要以原文意旨為依歸，還是譯語讀者的理解為優先？若依「文化轉向」論，翻譯過程不是轉移文字（words and texts）而已，最重要的是將文字所在的時代語境（context）納入考量，所以譯者可能得先釐清書信原來所處與即將進入的時空背景。

這是一封仿古家書，信中的「勿憚勞，勿恃貴」出自晚清名臣張之洞（1837-1909）的《誡子書》，是他寫給在日本士官學校求學的兒子的訓誡書信，提醒兒子別因父親的名人身分而驕傲怠惰，畏懼辛苦。

實際上，這封書信取自電影《北京遇上西雅圖之不二情書》

（2016），是劇情的一部分。[18]在電影中，男主角十四歲到美國生活，長大後在洛杉磯擔任房地產仲介，正想辦法讓一對老夫婦屋主點頭賣屋。老夫婦年輕時自中國移居美國，老先生一直有著如范仲淹〈岳陽樓記〉裡「去國懷鄉，滿目蕭然」的感傷，喟嘆他在中國算是知書達禮，到了美國卻成了文盲。老先生喜歡古文章、古詩詞，對於與孫子之間的語言代溝，感到無奈遺憾。他給在美國太空總署工作的孫子寫了封信，但孫子從小在美國出生長大，不懂中文，國學知識不錯的男主角跟老先生聊起古詩文，討他歡心，也順便幫著翻譯信件。

電影裡的英譯信件其實有兩個服務對象：一是不諳中文的孫子，二是同樣不諳中文，必須仰賴英文字幕的電影觀眾。英譯信件除了是電影道具與情節的一環，也為了服務電影觀眾而存在，甚至可以說後者才是最主要的目標，畢竟外文字幕翻譯是為了讓不懂來源語的觀眾了解影片內容。

然而，實際操作翻譯過程的人（即譯者），才是影響譯文最終呈現結果的關鍵人物。譯者了解整個翻譯活動的目的及涉及的參與者後，他的理解會介入翻譯過程，影響翻譯方向與策略的決定，最後投射在譯文上。電影中幫忙譯信的男主角（即譯者）跟寫信的老先生（即原作者）都懂古文及其背後典故，但信件的對象孫子（即譯文讀者）並不明白，因此，男主角在翻譯過程當中必然會有所權衡取捨。而真正翻譯這封書信的人（應是電影幕後人員），必須考量書信在劇情裡的功能、男主角的中英文表達能力，以及電影觀眾的理解。

以下是這封信在電影裡的英譯：

Dear Mi Lai my grandson,

When you leave home for years, you must be doing well.

---

[18] 此處討論畫面由電影32分處起始至34分40秒處結束。

Although grandma and I miss you so much, we understand you are a young and independent adult already. We don't want our words distract you, Especially when you have a successful career now. You have to be diligent and get along well with others. Work hard, never take oneself too seriously. Everything is alright; no worries.

Love, Grandma and Grandpa.（由電影畫面如實抄錄，文法錯誤不訂正。）

　　這份翻譯的文字貼近今日一般人的日常用語，淺白直接。這封信的目的不是要展現老先生深厚的古典中文功力，也不是要在信末加上大大小小的解釋附註，教育孫子每一句古文背後的文學典故，只是一封單純的家書，盛滿祖父母對孫兒的關愛與牽掛。因此，譯者沒有「仿古」，譯文沒有原文書信仿十九世紀末的濃厚古風感。

　　電影中，這封信的實際翻譯過程以口語與文字方式並陳呈現。男主角在下班後的辦公室，伏案桌前，手寫翻譯。旁白由男主角親自配音，讀出書信內容，夾雜張之洞以及老先生兩人信裡的文句。這封信的口語版本提供了字幕翻譯，在文字選擇與風格方面與書寫版本的翻譯有些差別：

汝去家滿載	You left home for a year
諒已入世	You must have seen a lot...
汝今學成	You've completed your studies now
更應努力上進	You must work even harder to make progress
勿憚勞，勿恃貴	Fear no hardship, stay humble
家中悉好，不必展讀	Everything is fine at home

> 不欲分汝心　　No need to worry about us

相較於書信版本易於讀誦的口語風格，字幕翻譯則偏向書面，句型精鍊，適合字幕停留在銀幕上短短的1～2秒的時間，方便觀眾快速閱讀。

翻譯末了，原始信件與翻譯信件在電影畫面中並置陳列（影片34分34秒至34分35秒處），在極短的1秒鐘時間裡，畫面左側是以書法自右而左直書在偏黃色調信紙上的中文原文，右側是以原子筆自左而右橫寫在A4列印紙上的譯文。兩封書信邊角交疊，譯者的雙手握住英文版，似乎也象徵著原文與譯文背後的兩種不同文化，經由譯者這個中介角色，產生了映照與交流。

操縱

　　傳統的語言學導向翻譯觀在1970年代晚期產生變化，當時翻譯研究開始將發展重心從原文移向譯文，從「操縱」（manipulation）的角度看待翻譯的討論便一直在西歐以比利時為主的低地國家默默進行著，直到集結該相關領域學者文章的《文學的操縱：文學翻譯研究》（*The Manipulation of Literature: Studies in Literary Translation*）在1985年出版，翻譯的操縱觀點逐漸受到矚目。日後，隨著《翻譯研究：整體綜合方法》（*Translation Studies: An Integrated Approach*, 1988）一書的出版，參與的學者被冠名「操縱學派」（Manipulation School）。[10]

---

[10] Mary Snell-Hornby, *Translation Studies: An Integrated Approach*, rev. edn (Amsterdam: John Benjamins, 1995), p. 22.「操縱學派」學者包含勒菲弗爾（André Lefevere, 1945-1996）、蘭伯特（José Lambert, 1941-）、赫曼斯（Theo Hermans, 1948-）、巴斯奈特（Susan Bassnett, 1945-）與圖瑞（Gideon Toury, 1942-2016）等人。

　　操縱觀點與「文化轉向」的翻譯理論學家主要出自比較文學領域，因而在探討翻譯觀的時候也多聚焦在文學作品的翻譯上。在文學翻譯的探討上，他們側重描述性質、譯文爲主、功能取向，以及整體脈絡（descriptive, target-oriented, functional and systemic）的模式。[10]比方說，他們關注譯作在接受語境中的情形，也喜歡探討不同時期的譯者如何呈現同樣一位作者或一部作品。傳統看待翻譯的態度——評估、指示與規範（evaluative, prescriptive and normative）方式——不受他們青睞。他們認爲傳統看待文學翻譯作品的態度總將譯作當成是「二手貨」（second-hand），甚至是「次級品」（second-rate），不值得認眞討論，因而看待譯作的方式就是從中找出錯誤及不足之處，用以彰顯原作的優異。[11]

　　操縱觀點傾向將翻譯作品當作獨立個體，不是原文的附庸、複製、配角或隨從，翻譯更不是沒有創造力的次等活動。傳統的譯論著重原文與譯文之間的對等，要求譯文必須像傳統妻子般地順服夫婿，但操縱觀點卻更願意接受原文與譯文之間原就存在差異，相信譯文本來就不會跟原文一模一樣，差異不會被刻意消弭或被視爲錯誤。在翻譯過程中，譯者可能需要達成某個目的，也可能需要同時滿足一個以上的翻譯要求，同時也受到一些文本以外的約束（constraints）。這些因素都不可能讓譯文完全與原文相符。

　　依據操縱觀點，譯者的介入（intervention）不僅僅是單純操作文本而已，從某個角度上來看，也是一種操縱（manipulation），藉由擺弄、控制的行爲，達到某種目的。正如翻譯操縱學派的代表人物——出

---

[10] Theo Hermans, 'Introduction: Translation Studies and a New Paradigm', in *The Manipulation of Literature: Studies in Literary Translation*, ed. by Theo Hermans (London: Routledge, 2014), pp. 7-15 (p. 10).

[11] 同前註，p. 8。

身比利時的翻譯理論學者赫曼斯（Theo Hermans, 1948-）所言：

> 從目標文學的觀點來看，為了達到某種目的，所有的翻譯必然包含對原文的一定程度的操縱。
>
> （From the point of view of the target literature, all translation implies a degree of manipulation of the source text for a certain purpose.[12]）

　　操縱經常透過「選擇」與「再創」的手段呈現。歷史上的一個知名例子是洪秀全（1814-1864，太平天國運動領袖）對《聖經》的翻譯操弄。[13]偶然接觸了基督教文宣的他，成立了拜上帝會，並從基督教義中汲取自己需要的內容，依個人需求與想法修改《聖經》多處，再譯寫出新的版本，還將自己放進教義中，成為耶穌的代言人，藉此吸收、說服信眾，以宗教領導政治，發動後來的太平天國運動，起義對抗當時腐敗的清廷。洪秀全操縱原文（正確來說是新教傳教士翻譯的《聖經》中文版），接著挪用（appropriate）、改寫（rewrite）原文，將譯文更動、再創為自己想要呈現給追隨者的樣子，也讓譯文演變成一場政治運動的媒介。

　　另一個例子在電影《葉問》（2008）裡，《葉問》講述詠春拳宗師的生平，因應劇情需要安排了一些翻譯場景。裡面的日文口譯員，同時

---

[12] 同前註，p.11。

[13] 馬大正：〈外國傳教士與太平天國革命〉，《太平天國史學術討論會論文選集》（北京：中華書局，1981），<http://www.historychina.net/qsyj/ztyj/zwgx/2005-05-25/26479.shtml>；王悅晨：〈譯／易者：論傳教士與太平天國聖經的關係〉，《中國翻譯史進程中的譯者：第一屆中國翻譯史國際研討會》，2015年12月17-19日，香港中文大學翻譯研究中心。

也是葉問的徒弟，出自保護師父的目的，翻譯時故意不譯出真正原意，選擇安全的說法，避免葉問得罪日軍。例如：在一場葉問與日軍比武後的對話：

> 日本軍官：「再來吧。」
> 口譯：「他想你再來。」
> 葉問：「我不是為這些米來的。」
> 口譯：「他說……他會再來。」
> 日本軍官：「喂……你叫什麼名字？」
> 口譯：「他想知道你的名字。」
> 葉問：「我只不過是個中國人。」
> 口譯：「他叫葉問。」[14]

　　書籍出版也會有需要操縱原文的時候。世潮出版社在2011年推出一本心理諮商書籍《母愛會傷人：重新找回母女的親密關係》，於2014年更名再出版為《母愛的療癒：解放童年負面親子關係》。日文原書名《母が重くてたまらない─墓守娘の嘆き》特別以「守墓人」一詞來象徵母愛對女兒其實是沉重的負擔。[15]可能緣於文化差異，臺灣的書名翻譯沒有使用「守墓人」的概念。值得思考的是，出版社為什麼在三年後更換書名？易名在出版界並不是常態。這樣的改變有沒有可能是因為在講求孝順的臺灣社會裡，原譯名太過直接犀利，聽起來大逆不道？儘管書名貼切、忠實地反映內容，但若無法得到一般讀者的認同，恐怕乏人問津，進而影響銷量。在民情與商業收益的考量下，出版社也許只好選擇改名，儘管新書名《母愛的療癒》與內容有差距，但顯得溫和正向，

---

[14]　此處討論畫面由電影1小時0分35秒處起始至1小時1分25秒處結束。
[15]　此處感謝虎尾科大應外系河尻和也老師及張蓮老師的解說。

不若《母愛會傷人》那樣令絕大多數的讀者感到抗拒。

　　上面三個例子如果用傳統「忠於原文」的標準來看，譯者恐怕逃不過斷章取義、亂翻一通的批評，但就文化與操縱的翻譯觀點而言，譯者的確有文本外的諸多考量，像是讀者期待、權力結構、贊助機構（如：出版商、媒體）或意識型態（可能是譯者個人的或贊助單位操控的）等因素，翻譯結果也不是好壞二字就能輕易論斷。

　　操縱不見得都是負面的，被操縱過的翻譯一樣會給讀者帶來樂趣，甚至可能特別受到某一群讀者的喜歡。我們小時候多少都接觸過西方文學作品，像是《愛麗絲夢遊仙境》（*Alice's Adventures in Wonderland*, 1865），看得興致高昂、著迷不已，難道我們後來會責怪譯者怎麼在書名提前「破哏」，洩露愛麗絲做夢的伏筆？長大後學了英文，有機會接觸原著及相關評論，我們才知道原來小時候看的這本童書，在原文裡充滿了許多語言的邏輯趣味，其實更適合經歷過歲月洗禮的成人。譯作也是我們童年閱讀回憶的一部分，或許在日後有機會看到原典或其他不同版本的譯作，我們會在歧異中對原作產生更大的興趣。

改寫

　　「文化轉向」翻譯有一個核心論述，就是將翻譯視作「改寫」（rewriting）。勒菲弗爾起初從「折射」（refraction）概念延伸：

> 折射就是「一部文學作品因應不同觀眾而進行改編，意圖影響觀眾閱讀作品的方式」。
>
> （Refraction is "the adaptation of a work of literature to a different audience, with the intention of influencing the

way in which that audience reads the work".[16]）

後來，他以「改寫」一詞代替，泛指所有因應某種意念或某種文學論述形式，以一文本為基礎，在上面進行的改編、改作，直言「翻譯即改寫」：

> 翻譯當然是對原文的改寫。所有的改寫，無論意圖為何，都反映了某種意識型態與文學觀，操縱著文學作品在某個社會中的表現方式。若受到權力的影響，改寫便是一種操縱，積極的一面可以促進文學與社會演進，引進新的文學概念、風格類型及寫作手法。整部翻譯史便是文學創新史，見證了不同文化彼此形塑、影響的歷程。
>
> （Translation is, of course, a rewriting of an original text. All rewritings, whatever their intention, reflect a certain ideology and a poetics and as such manipulate literature to function in a given society in a given way. Rewriting is manipulation, undertaken in the service of power, and in its positive aspect can help in the evolution of a literature and a society. Rewriting can introduce new concepts, new genres, new devices and the history of translation is the history also of literary innovation, of the shaping power of

---

[16] André Lefevere, 'Mother Courage's Cucumbers: Text, System and Refraction in a Theory of Literature', in *The Translation Studies Reader*, ed. by Lawrence Venuti, 3rd edn (London: Routledge, 2012), pp. 203-219 (p. 205).

one culture upon another.[⑩])

在翻譯過程中，翻譯因為受到贊助人的意識型態、權力運作以及專業人士的文學觀等條件的制約與規範，所以不可能如實反映原文樣貌。譯者可能必須符合主流體制與作法，或是相反操作。舉例來說，因為翻譯目的與譯語環境的考量，一部文學或戲劇作品的翻譯，必然會在譯者手上出現不同變化幅度的改寫狀況，而改寫或翻譯後的翻譯作品，會讓原作在新的譯語環境中獲得重生，與當地的社會文化產生連結。

一個經典的文學改寫翻譯例子當屬《杜連魁》（1977），由建築師王大閎（1918-）譯寫自愛爾蘭作家王爾德（Oscar Wilde, 1854-1900）的《格雷的畫像》（*The Picture of Dorian Gray*, 1890）。《格雷的畫像》的小說背景設定在英國十九世紀的維多利亞時期的上流社會，書裡的人物過著華麗而沉淪的生活。主角格雷是一名年輕男子，因為太喜歡自己的肖像畫，便許願以靈魂交換青春，但他日漸荒誕的作為卻讓畫中的自己逐漸衰老，意味著他醜陋的靈魂。最後，他殺了畫作中的自己，也等於殺了真正的自己。

下列是故事尾聲描寫杜連魁死亡的原文，接著提供兩個不同的對照譯本——

原文：

When they entered they found, hanging upon the wall, a splendid portrait of their master as they had last seen him, in all the wonder of his exquisite youth and beauty. Lying

---

⑩ Susan Bassnett and André Lefevere, 'General Editors' Preface', in André Lefevere, *Translation, Rewriting, and the Manipulation of Literary Fame* (London: Routledge, 1992), p. vii (p. vii).

on the floor was a dead man, in evening dress, with a knife in his heart. He was withered, wrinkled, and loathsome of visage. It was not till they had examined the rings that they recognised who it was.[18]

顏湘如的翻譯：
他們進入之後，發現牆上掛著一幅主人的俊俏畫像，就像他們最後見到他的模樣，洋溢著神奇而美妙的青春與美的氣息。地板上卻躺著一個死去的人，穿著晚禮服，胸口插了一把刀。他神形憔悴、滿是皺紋，面目可憎。直到他們看見他手上的戒指，才認出他是誰。[19]

王大閎的譯寫：
他們衝進房裡，見地上僵躺著一個老人，身穿高貴合時的西服，面孔乾皺，醜惡無比。右手緊握著一把利刀。
警員上前摸他的胸口，才知他已斷了氣。
靠牆擺著一幅青年的全身畫像，神態瀟灑，俊秀逼人。畫面上左胸開裂，似乎被刀刺破。
警員向傭人們查問那老人是誰，大家一一上前端詳，相顧無言。連李媽都認不出他就是杜連魁。[20]

---

[18] Oscar Wilde, *The Picture of Dorian Gray* (London: Penguin Books, 2012), p. 256.

[19] 顏湘如譯：《格雷的畫像》（臺北：臺灣商務，2004），頁268。

[20] 王大閎譯寫：《杜連魁》，增訂版（臺北：九歌，2006），頁230。

（分段依照原書抄錄）

　　相較於顏譯貼近原文、盡量不更動原文語句順序，王譯在內容先後、故事細節與角色人物上都有增刪與更動等調整。王大閎在實際的翻譯過程中不重視逐字逐句的翻譯，甚至在全書翻譯的大方向上，他的翻譯（出版社用「譯寫」）任務在一開始便決定了三項變動：

> 　　爲了要使這故事更接近我們，更能打動我們，我不惜採取了三項主要的變動：時間、地點和人物。時間由十九世紀改到現代；地點將英格蘭的首都倫敦改爲臺灣第一都市臺北；又把英國的貴族紳士改爲臺灣的社會名流。[21]

　　王大閎認爲這樣的改變並未影響原著精神與意旨，他在小說開頭甚至增加了二段原文沒有的內容，簡單交代角色神態與背景之外，確切以「敦化南路」、「仁愛路」、「祖先是彰化聞名的巨富」等臺灣當地地名與路名營造書裡的「在地化」氛圍，也提醒讀者這本書的背景由倫敦上層階級的奢華淫靡轉到臺北上流社會的物質享樂。
　　對於王大閎的改寫手法，高信疆（1944-2009，知名編輯）在推薦序文裡這樣說：

> 　　《杜連魁》是王大閎的譯作，也是他的創作。……〔他〕爲《格雷的畫像》作了大量本土化、現代化的努力，使得這一見證十九世紀末歐洲資產階級虛矯生活的小說，搖身一變，成爲

---

[21] 同前註，頁7。

二十世紀末臺灣上層社會浮華世態的寓言。[12]

　　《杜連魁》在1977年出版時，臺灣社會風氣仍屬純樸，一般大眾對於書裡描摹的享樂生活似乎仍感陌生，但在1993及2006年再版時，卻巧合地呼應了臺灣工商社會一逕追求物質享受的耽溺，讀者也更能體會書裡描述人性偽善的面向。

　　有意思的是，1970年代的《杜連魁》似乎太早進入臺灣市場，但在2000年之後至今，書市裡共有數個以《格雷的畫像》為名的譯本，2014年更分別有音樂與舞蹈形式重新詮釋王爾德的作品。歌手韋禮安親譜詞曲〈格雷的畫像〉（2014），以音樂「改寫」原著。[13]雲門的現代舞編舞家鄭宗龍則受到王大閎譯本的吸引，推出《杜連魁》（2014），以舞蹈方式表現書中人物的感情與性格。[14]

　　改寫也常見於影視作品，反映出每個世代都需要屬於自己的譯本。例如：武俠小說家金庸的許多作品都經過改編，其中甚受讀者及觀眾喜愛的《射鵰英雄傳》於1957年開始在香港連載出版後，六十年來多次改編成影視作品及3D動漫。今年的最新版《射鵰英雄傳》（2017）電視劇甚至啟用新人演員當主角，希望以清新活潑的演繹方式呈現這部經典作品，以吸引「九十後」或「七、八年級生」的年輕收視群眾。在

---

[12] 高信疆：〈雙璧交輝──也是一種王爾德式的趣味〉，收於王大閎：《杜連魁》，增訂版（臺北：九歌，2006），頁1-5（頁1）。

[13] 韋禮安：《有所畏》（臺北：福茂唱片，2014），第6首。

[14] 鄭宗龍：〈春鬥2014「杜連魁」鄭宗龍作品4'〉，《雲門舞集》，2014年3月3日，<www.youtube.com/watch?v=lPXf_lDzOL0>。

播映不到一個月的時間，光是網上點播率便已突破十億。[15]翻譯改寫便好比一座稜鏡（prism），原作小說這道光線透過不同的角度，折射成各色光譜，像是電視、電影、廣播、漫畫及線上遊戲等，希望能得到不同讀者或觀眾族群的青睞。

影視作品一旦要進入另一個文化語境也會透過「改寫」手段，企圖引起當地觀眾的回響。吳宇森的《赤壁》（2008-2009）在華語地區分成上下兩集放映，2009年法語配音版則將接近五小時的戲濃縮成二個半小時，片名譯做"Les 3 Royaumes"（三國），內容當然也經過調整。網路上有部落客分享觀影心得，提到法國版的剪輯沒有呆板的迎合史實，為了迎合西方人的喜好，聚集了壯闊的山河場景、華麗的電腦特效，以及與敵人同歸於盡等煽情場面，突顯英雄殺敵、美女回歸的元素。文中也特別點出中法版的不同之處：

> 明顯感覺到上部被剪掉了一半以上，零零碎碎的對白戲剪掉了一堆，開場用旁白交代了一下歷史背景，劉備敗走長坂坡剪成了15分鐘左右……幾個鏡頭就把陣法〔八卦陣〕變化和殺敵過程完全帶過，而法語對白中也只用了"piège"這個單詞來形容陣法，一個有深刻精髓的陣法就被簡化成了法國人眼裡的「陷阱」……草船借箭那場戲是全場笑聲最多的時候，當孔明說"Merci monsieur Caocao, C'est très gentil."（多謝曹操先生，您很友

---

[15] 蘇國豪：〈新版《射鵰英雄傳》點擊率破10億，劇迷讚忠於原著：好好睇〉，《香港01娛樂》，2017年2月5日，<www.hk01.com/娛樂/69674/新版—射鵰英雄傳—點擊率破10億—劇迷讚忠於原著—好好睇>。

善），坐在旁邊的法國老大爺笑得樂不可支。[15]

　　另一個著名例子是改編自同名小說的電視劇《甄嬛傳》，在2011-2012年風靡華人地區，2014年美國主流電視臺HBO推出美語配音版，將七十六集（一集六十分鐘）的內容濃縮成六集（一集九十分鐘）。原版裡許多角色及劇情細節（如：複雜人性與爭權奪位等宮廷心計）大幅刪略，美國版僅簡單勾勒主角爲何由純眞女孩轉變成心機深沉的妃嬪。美國版的劇情聚焦在主角身上，還另外新拍主角老年的部分，當作劇情提示。這些「改寫」明顯考量了美國觀衆的興趣、期待、理解能力與收視習慣等因素，以調整或增刪等手段「操縱」原本劇情，「再創」新的譯本。而透過改寫，一部戲或一個人的形象自然會經歷改變與重塑。

　　百分百與原文一模一樣的翻譯並不存在，翻譯或多或少都是一種操縱與改寫，即使是極忠實於原文的翻譯也必定反映出譯者對原文的選擇與挪用，因爲每一個詞彙、每一個句子都不會只有一種譯法，改寫擴大了翻譯的含意。從宏觀的角度看待，除了原作翻譯，文學評論、作品選輯、改編劇本，甚至教學活動都是一種翻譯的改寫形式。[17]無論是文學批評家、編輯群、影視編劇或教師，他們工作的時候，都是事先閱讀、消化「原本」（如：原著小說或教科書），接著視目的、效果與對象等文本內外因素，將「原本」轉化成適合當下情境需求的「譯本」（如：電影劇本或上課講義）。

---

[15]　子霜天夜的博客：〈在法國看到了《赤壁》國際版！〉，《新浪微博》，2009年3月26日，<blog.sina.com.cn/s/blog_498c4f830100cg7z.html>。

[17]　André Lefevere, 'Mother Courage's Cucumbers: Text, System and Refraction in a Theory of Literature', in *The Translation Studies Reader*, ed. by Lawrence Venuti, 3rd edn (London: Routledge, 2012), pp.203-219 (p. 205).

　　改寫的精神是「詮釋」，因為譯文背後，就是譯者對於原文的選擇、挪用與解讀。譯者有自己的生長背景，他對文字的選擇與運用反映了自己生活的時代。從來沒有兩個譯者的詮釋會一模一樣，因此也從來不會有一模一樣的譯本。改寫的翻譯觀點突顯譯者的自主權，放大譯本的創作力。透過改寫，譯者這個角色得以被好好看見，不再一直默默無聞地躲在原作者的陰影下，譯本也能夠被當成獨立文本看待，不是附庸於原作的「次級品」，更不是傳統觀念裡輔助外語學習的工具，只能將翻譯活動的重心一直放在語言結構的拆解上。透過改寫的觀點，原文不再是解讀譯文的絕對唯一標準。

　　因應不同的翻譯標準、原作意圖、讀者反應、意識型態、權力作用、贊助者要求，以及社會文化規範等等諸多因素，改寫在創造譯本的同時，可能會故意或在無意中扭曲原文，但是並不見得會損及原作的經典地位。誠如勒菲弗爾所言，改寫或折射手段在建立作者及其作品的名聲一事上，反倒「極具影響力」（extremely influential）。[IX]經典作品裡充滿許多寶貴的題材，供當代與後世閱讀、重塑，再創出更適合當代、充滿生命力的新作品。例如：取材自史書《三國志》的小說《三國演義》，情節人物虛實交錯，儘管廣為普羅大眾接受，但也從未動搖原作《三國志》在歷史紀錄上的重要地位，反倒透過戲曲與話本的形式，到了現代更以影視與電玩等方式，幫忙傳播三國時期的歷史知識。

[IX] 同前註。

後殖民理論觀點

「食人主義」翻譯觀

「翻譯」跟「吃人」怎麼會相互牽扯呢？任何人光看到或聽到「吃人」兩個字，必定背脊發涼、頭皮發麻吧？但是在翻譯理論的後殖民文化語境裡，就有一個特別的翻譯改寫形式（rewriting），源自南美巴西的「食人手法」（the cannibalistic approach），起因真的跟吃人有關聯。

西元十六世紀，一名葡萄牙天主教傳道士到巴西布道，結果被食人族部落杜比南巴（Tupinamba）給吃了。對文明世界而言，這是絕對的暴行，但對食人部落來說，吃人肉是一種「致敬行為」（an act of homage），代表對獻祭者的尊敬與敬佩，而且他們只吃高貴英勇的人，這樣才能獲取好的能量。[12]同樣一起食人事件，在歐洲與巴西得到的反應截然不同。歐洲視為野蠻的行為，巴西土著卻以正面的眼光看待。

1922年，巴西脫離葡萄牙統治滿百年，國內各界人士紛紛思索起文化認同（cultural identity）的議題。巴西雖然脫離了歐洲帝國主義在軍政方面的控制，但在文化和意識型態上似乎依然認為自己是「落後」的第三世界國家，心態上仍傾向「先進」的歐洲文明，儘管國家已獨立，人民卻依舊被殖民控管著。其實，巴西並不是想要斷絕與歐洲的關係，畢竟國內有許多歐洲後裔住民，但身為歐亞非文化大熔爐的巴西想要發展屬於自己的文化，不希望在心理上、文化上一直依賴歐洲殖民者文化。

為了追尋自我文化認同，當時的名詩人安德拉德（Oswald de An-

---

[12] Susan Bassnett, *Translation* (London: Routledge, 2014), pp. 52-53.

drade, 1890-1954）便借用了杜比南巴部落的食人概念，在1928年發表了〈食人宣言〉（葡文原文：Manifesto Antropófago；英譯Cannibalist Manifesto），講述巴西透過「吞噬」其他文化以壯大自己，脫離歐洲殖民霸權的影響，從而建構屬於自己的文化身分。安德拉德在文章裡提到：「食人主義就是吸收了神聖的敵人，將其轉化成圖騰崇拜。」（Cannibalism. Absorption of the sacred enemy. To transform him into a totem.[13]）於是，食人主義成為巴西打造自身文化的隱喻——「食人者」吸取「被食者」的血肉精髓，轉化成養分滋養自己，就好比是一個人，乃至一個民族不僅不抗拒外來事物，反而懂得如何消化外來的、他國的文化，積極轉化為內在的、自身的文化。

　　1960年代初期，巴西詩人岡波斯（Haroldo de Campos, 1929-2003）將「食人主義」引進翻譯研究，以「食人」的隱喻處理譯文，主張以吃掉、消化原文的方式，讓譯文重獲新生。岡波斯的「食人」翻譯策略很容易理解，先進文明的歐洲若是原文，拉丁美洲殖民地便是譯文；前者是偉大的真品，後者是次級複製品或前者的「翻譯」。[14]在傳統的觀念裡，翻譯必須服膺於原作，沒有聲音，只能忠誠；譯作永遠無法百分百體現原文全部神貌，因而地位也永遠比原作低下，只能是輔助的下手身分。

　　岡波斯希望藉由「食人」的隱喻，企圖解放巴西人民的被殖民心理，重新尋回文化身分與國家認同，也藉此打破翻譯（殖民地）必須服

---

[13] Oswald de Andrade and Leslie Bary, 'Cannibalist Manifesto', in *Latin American Literary Review*, 19 (1991), 38-47 (p. 43).

[14] Susan Bassnett and Harish Trivedi, 'Introduction: Of Colonies, Cannibals and Vernaculars', in *Post-colonial Translation: Theory and Practice*, ed. by Susan Bassnett and Harish Trivedi (London: Routledge, 1999), pp. 1-18 (p. 4).

從原典（宗主國）的權力結構，認爲翻譯可以追求自由，不須受到原文這個統治階級的束縛，甚至可以主動地吸取原作精華，進而在本土文化中再造屬於自己的獨立作品。

追求獨立並不代表排拒或是否定原作的存在與影響，譯文可以銘記原作曾有的貢獻。就如前文所提，巴西文化並不是要跟歐美文化完全劃清界線，在這個經濟文化皆進入全球化的時代，國家民族界線早已模糊，文化與文化之間更不可能壁壘分明。所以食人主義的「吞噬」意象不僅止於象徵背棄歐洲規範，同時也有向其表達崇敬之意（the devouring could be perceived as both a violation of European codes and an act of homage）。[12]

岡波斯將翻譯視爲一種「創譯」（transcreation），具有「超越」與「創造」的性質，尤其是創意性的文本（creative texts），例如：詩歌、散文，永遠都無法完整地翻譯，但這個翻譯困難也導致了這類文本有被重新創造（re-create）的可能。[13]

「創譯」的作法突顯了譯者的主體角色與代理功能，譯者不再處於輔助地位，能夠自己選擇值得翻譯的文本，以另一個語文再創，而且在創意層面並不亞於原著者，反倒更像是合著者（co-author），與原著者是兩個獨立的自治體（autonomy），但彼此有合作關係。[14]

源自殖民地與宗主國角力關係的背景，岡波斯的食人主義大膽挑戰了原文神聖崇高的地位。他想要強調原文與譯文之間並非從屬，而是

[12] 同前註，p. 5。

[13] Haroldo de Campos, *Novas: Selected Writings*, ed. by Antonio Sergio Bessa and Odile Cisneros (Evanston: Northwestern University Press, 2007), p. 315.

[14] Odile Cisneros, 'From Isomorphism to Cannibalism: The Evolution of Haroldo de Camppos's Translation Concepts', *TTR: Traduction, Terminologie, Rédaction*, 25 (2012), 15-44 (p. 29).

和諧共存的關係，譯文甚至可以超越原文。然而「食人」不是要消滅或占有對方，而是透過「食」這個行爲得到營養與力量，進行創造性的翻譯；「食」就像是一條結繩，聯繫原語與譯語兩個不同的文本、文化與歷史脈絡，但雙方依然可以各自獨立存在。

　　既然食人主義放大了譯者的主體權力，是不是表示譯者從此可以無視原文，隨心所欲地翻譯、自由自在地創造呢？食人主義翻譯理論有一個不能忽略的前提，就是岡波斯借自化學概念的「類質同形現象」（isomorphism，又譯「同晶形現象」）。岡波斯強調原文與譯文，雖有語言不同的差異，但內容結構相似，彼此之間可以產生緊密的連結，可以和諧的相依並存，就像兩個相同的晶體物質，可以相互混合溶解，透過昇華結晶的化學反應，形成均一的混合晶體（they will be different in language, but like isomorphic bodies, they will crystalize within the same system）。[15]

　　換句話說，儘管原文與譯文之間存在差異（如：使用的語言與文法規則），但整體精神（如：文本主旨與含意）必須相似，彼此才有聯繫。儘管就食人主義觀點來看，翻譯代表吸收與創造，原文進入譯文環境中也會因本土因素的影響而重組、建構出新的形貌，但在重新創造的過程中，原文的力量、精髓與靈魂仍然必須穿越至譯文。也就是說，譯者不能完全悖離原文的束縛，毫無羈絆地創造。

　　巴西比較文學學者維也拉（Else R. P. Vieira, 1950- ）對岡波斯的食人主義思想了解頗深，她研究岡波斯以葡文寫成的文論與專著，以英文介紹評論「食人」這個消化隱喻（digestive metaphor），說明岡波斯的「創譯」是一種「激進的翻譯實踐」（a radical translation praxis），不僅僅是複製原文形式而已，重點在於「挪用本土文化傳統」（appro-

---

[15] Haroldo de Campos, *Novas: Selected Writings*, ed. by Antonio Sergio Bessa and Odile Cisneros (Evanston: Northwestern University Press, 2007), p. 315.

priation of the local tradition）。[16]意思是說，食人主義在吸收異地文化的同時，也要從本地來源汲取養分與之相互融合。譯本能否被成功地重塑或創造，端看原語文化與譯語文化能否相互對話，唯有如此，譯本才能順利進入本土文化傳統，爲本地所接受與運用。

　　維也拉引述岡波斯的觀點，強調「食人」貌似清除原作痕跡，實際上卻有承認（a gesture of acknowledgement）原作的隱意。[17]這個隱喻在說明「被食者」的生命進入「食者」血液裡，相互融合之後，繼續在「食者」的體內生存下去。套用於翻譯上，指的是原作的靈魂依然存在於譯作當中，並未因爲被譯作占有而消失。維也拉特別指出岡波斯的「輸血」（transfusion of blood）見解，認爲「食人」就像是吸血鬼的吸血行爲，是爲了吸取營養，獲取活力。[18]簡言之，譯者汲取原文的語言或文藝等方面的精華，吞噬轉化後，將好的部分在譯文當中重組再現（recast），延續譯文生命。

　　既然這裡論及「食人」隱喻，我們就舉菜餚爲例，來解釋食人主義翻譯的精神。在臺灣以湖南菜（湘菜）料理聞名的彭長貴先生（1919-2016），一生最知名的創意湘菜便是發跡臺灣，卻走紅美國的「左宗棠雞」（General Tso's Chicken）。美國導演錢尼（Ian Cheney）因爲嗜吃這道華人餐館的招牌菜，想要深入了解這道菜的來歷，便拍攝了紀錄片《尋找左宗棠》（*The Search for General Tso*, 2014）。錢尼從紐約開始，一路追蹤到上海、湖南，發現出身湖南的晚清名將左宗棠（1812-

---

[16] Else Ribeiro Pires Vieira, 'Liberating Calibans: Readings of *Antropofagia* and Haroldo de Campos' poetics of transcreation', *Post-Colonial Translation: Theory and Practice*, ed. by Susan Bassnett and Harish Trivedi (London: Routledge, 1999), pp. 95-113 (p. 109).

[17] 同前註，p. 108。

[18] 同前註，p. 97。

1885）大名鼎鼎，但「左宗棠雞」卻默默無名，幾經輾轉，他終於來到臺北，見到發明人彭長貴。

　　「左宗棠雞」的誕生是在1952年的臺北，彭長貴在美國海軍將領訪臺期間負責宴席，某日思考菜單時即興創作而出。被詢問菜名時，因出身湖南，也可能受到當時臺海敵對緊張的影響，想到平亂將軍左宗棠，靈機一動便回答「左宗棠雞」，於是這道風靡全美的料理便問世了。[⑲]1970年代初期，紐約一些中國廚師拜訪彭長貴在臺北的餐館後，將這道菜加以改良創新引進紐約，逐漸調整出美國人喜歡的味道，從此這道菜便在美國流傳開來。1973年，彭長貴在一陣「湖南菜熱」的風潮中來到紐約開設餐廳，卻發現他發明的菜餚早他一步抵達美國，但菜式的演變讓他幾乎無法辨識。[⑳]

　　湖南菜系中原本沒有「左宗棠雞」這道料理，彭長貴的創作奠基在既有的湘菜食庫上，加上多年苦練的廚技，在品嚐、消化許多經典與地方湘菜後，吸收了湘菜精華，又恰逢當時臺灣的時局氛圍，因而創造（create）出「左宗棠雞」。隨後，這道菜傳入美國，為迎合當地民眾的飲食喜好，中國城的廚師注入新血，加進不同的食材與烹調手法，改良這道鹹辣的重口味菜，降低或取消辣味，添加原本沒有的濃稠酸甜味再創（re-create）出屬於美國人的「左宗棠雞」。彭長貴在紀錄片受訪中被詢問關於美國的「左宗棠雞」的看法，他以「不敢領教」作為評論，顯然，他無法接受自己的心血在譯語環境中扭曲變形。

[⑲] 魏妤庭：〈湘菜之神彭長貴辭世「左宗棠雞」流傳續飄香〉，《聯合報》，2016年12月2日，<udn.com/news/story/1/2143140>。

[⑳] William Grimes, 'Peng Chang-kuei, Chef Behind General Tso's Chicken, Dies at 98', *The New York Times*, 2 December 2016, <www.nytimes.com/2016/12/02/world/asia/general-tso-chicken-peng-chang-kuei.html?_r=0>.

　　若以食人主義翻譯觀來思考，儘管原發明人對於正宗菜色食譜，歷經他人挪用改作（appropriate）後進入美國飲食文化系統的「創譯」不以為然，但這也無法改變一個事實：這道中菜受到美國當地青睞，年產值達數十億美元。在美國排華顛峰時期，華人餐館為了融入當地社會，因而「創譯」了許多「美國限定」的中菜口味，「左宗棠雞」就是當中最經典的例子，原作被吃掉消化，基本食材相同，菜名不變，但脫胎轉化成美國人喜歡的口味，成為美國菜系中一道華人料理。

　　回到臺灣，這道菜也歷經幾次「翻譯」：起初是1950年代的外交宴會菜色，1980年代彭長貴在臺北開設餐廳，走傳統湘菜路線，2000年中期進入婚宴場所，成了喜宴大菜，自2013年開始，又搖身一變成為巷口餐館的家常菜。為吸引年輕顧客上門，走家常菜風格的「左宗棠雞」也不能一直堅守「信達雅」翻譯原則，需要考量時代飲食趨勢，調整烹調比例，配合現代人低鹽少油的飲食習慣，甚至取消亮油（熱菜出鍋前澆油以增加食物光澤）的步驟。

　　如同一部文字作品，一道菜品的傳播倘若不能與譯語環境對話互動，只是堅守忠於原味的原則，今天「左宗棠雞」恐怕也不可能由小小的臺灣島橫跨太平洋進入美國大陸。同樣一道菜，在不停的重新創造（recreation）與跨越創造（transcreation）之間，一直更迭演變，儘管已不若以往「原汁原味」，卻依然與原作維持連結，二者不致相離。

　　以食人主義翻譯角度解讀，譯作因為吸取了原作精髓而茁壯獨立，但並不意味就會抹滅原作痕跡。就像上述的「輸血」觀點，原文與譯文互相成為對方的「捐贈者」（donar）與「獲贈者」（receiver），反而在不斷的捐血與接受、吞食與消化、融合與轉化之間，譯作一次又一次地獲得滋養與新生命，在互惠的基礎上，譯作同時幫助了原作的譯介，彼此激盪，積極持續地為對方擴大傳播版圖。

　　最後，回到翻譯實作的文本例子。創意性文本不可能字字句句都完全對應、再現原文，許多字面下的文學創作機制（如：意象、隱

喻等），都需要深入了解與詮釋，甚至需要奠基於「類質同形現象」的「創譯」手法才能跨越文本的極限，在譯文裡重生。美國詩人龐德（Ezra Pound, 1885-1972）的中國古典詩詞英譯便是岡波斯喜歡援引的例子。

　　龐德是二十世紀初美國意象主義運動（Imagist Movement）的代表人物，在詩歌的翻譯與創作中，主張聚焦於精準的意象與清晰的語言。他的"Fan-Piece, For Her Imperial"（扇，獻呈君王）便是經典的食人主義翻譯手法。他將漢學家翟理斯（Herbert Giles, 1845-1935）翻譯的〈怨歌行〉（相傳是西漢女詩人班婕妤的宮怨詩）由十行「創譯」成三行：

　　　　O fan of white silk,　　　　　　噢，白色的絲扇啊！
　　　　　　clear as frost on the grass-blade.
　　　　　　　　　　　　　如葉片上的霜花清透潔淨，
　　　　You also are laid aside.[14]　　　妳也被擱置一旁。

　　讀到這裡，讀者可能思索著〈怨歌行〉的原貌吧？下面是翟理斯的翻譯：

　　　　O fair **white silk**, fresh from the weaver's loom,
　　　　　　　　　　　　　新裂齊紈素
　　　　Clear as the **frost**, bright as the winter snow—
　　　　　　　　　　　　　鮮潔如霜雪
　　　　See! friendship fashions out of thee a **fan**,　裁爲合歡扇

---

[14]　Wai-lim Yip, *Ezra Pound's "Cathay"* (Princeton: Princeton's University Press, 1969), p. 61.

Round as the round moon shines in heaven's above,

團團似明月

At home, abroad, a close companion thou,　　　出入君懷袖

Stirring at every move the grateful gale.　　　動搖微風發

And yet I fear, ah me! that autumn chills,　　　常恐秋節至

Cooling the dying summer's torrid rage,　　　涼飆奪炎熱

Will see thee **laid** neglected on the shelf,　　　棄捐篋笥中

All thoughts of bygone days, like them bygone.[14]

恩情中道絕[15]

（粗體爲本書作者所加，方便說明解釋。）

　　〈怨歌行〉藉團扇比喻宮中女子的浮沉命運，蒙受君寵時，就像扇子可以隨時「出入君懷袖」，失寵了，只好「棄捐篋笥中」，反映出封建時代女子的命運榮辱全由男子決定，一旦不被需要，就如同一把扇子，隨時可以丟棄。

　　對詩人來說，漢學家翟理斯的仿中國風版本可能更像是散文，但他努力在翻譯中還原〈怨歌行〉的用字語意。而身爲詩人的龐德，「消化」了翟理斯十行共八十個字的翻譯後，選擇「吸取」五個擁有具象畫面的「營養」字詞（如詩中粗體字所標示），再增添原詩沒有的新意象（即"grass-blade"），「創譯」出三行僅十六字的短潔小詩。龐德捕捉扇子的某一物象特徵，刻意描寫，透過意象堆疊的手法，將原詩人的寫詩目的及情感思想寄放在物品的描摹裡。

---

[14] 同前註，p. 60。

[15] 〔西漢〕班婕妤：〈怨歌行〉，《中央研究院漢籍電子文獻：樂府詩集資料庫》（1999）<http://hanji.sinica.edu.tw/>。

　　讀者可能會爭論這是兩首不同的詩作。從食人主義翻譯理論的觀點看來，譯作本應視做獨立文本，不再附庸於原作，但基於「類質同形現象」的前提，兩首詩之間當然存在連結。譯作並不是要消滅原作，反而原作的意境精華在譯作裡得到重生，甚至更加顯著。

　　龐德移除原詩裡的寵辱過程，只聚焦在爲首的「絲扇」與「霜花」，以及結尾的「擱置」，依然完整保留原作神韻，清楚傳達〈怨歌行〉以靜態意象敘述人類情感的精神。著有《龐德的國泰集》（*Ezra Pound's "Cathay"*, 1969）的葉維廉（1937-，詩人、學者與譯者）便認爲，龐德只保留了兩個顯著而不具人性意義的意象"whiteness"與"clearness"，將之潑灑在全新背景的"grass-blade"上，讓團扇的「素白」與「潔淨」，因襯在「葉片」上而更加引人注目，也巧妙地帶出詠物言情的隱喻。[44]

---

[44]　Wai-lim Yip, *Ezra Pound's "Cathay"* (Princeton: Princeton's University Press, 1969), p. 61.

第三章

當代翻譯議題

語內翻譯與符際翻譯

　　到底什麼是翻譯？對一般大眾來說，最普遍的想法，就是兩種語言或文字之間的轉換。如線上《教育部重編國語辭典修訂本》所簡述，「翻譯」就是「將某種語言文字用另外一種語言文字表達」。英文辭典所下定義亦雷同，都是將書面或口語文字在另一種語言中表達出來的意思，像是《朗文當代高級英語辭典（第五版）》定義"translate"（翻譯）一字為："change languages: to change written or spoken words into another language"，更新現代英語速度快速的《牛津辭典》線上版則解釋為："express the sense of（words or text） in another language"。

　　對翻譯學者而言，翻譯當然涉及兩種不同的語言。已故的英國翻譯理論學者紐馬克（Peter Newmark, 1916-2011）曾寫下他對翻譯的解釋：「將原文的意義，用原作者希望的方式，譯成另一種語言」（rendering the meaning of a text into another language in the way that the author intended the text）。[1]另一位英國當代翻譯學家蒙代（Jeremy Munday, 1960-）則這樣描述翻譯：

> 兩種不同文字之間的翻譯過程涉及轉原語文字為譯語文字。
>
> （The process of translation between two different written languages involves the changing of an original written text (the source text or ST) in the original verbal language (the source language or SL) into a written text (the target text or TT) in a different verbal language (the target language

---

[1] Peter Newmark, *A Textbook of Translation* (Hempstead: Prentice Hall, 1998), p. 5.

or TL.)②）

　　然而同一種語言或文字難道就不會出現翻譯需求或翻譯行為嗎？相信每個人多少都有過這樣的經驗：小時候，大人為了讓當時字彙有限的我們了解較為困難的四字成語，如：「敷衍了事」，會以簡單的白話解釋或列舉實例，像是「你寫功課不認真」。

　　再舉一個例子，文言文一向精鍊凝縮，對習慣口語白話的現代人來說，多少造成閱讀理解上的困難。如《孫子兵法·行軍》裡的這一句：「兵怒而相迎，久而不合，又不相去，必謹察之。」③短短十七字，每個字都認識，但我們是否第一時間便看懂？這本距今二千年以上的古書，當時的詞語用法是否至今依然不變？例如：此處的「不合」是現代習慣用語裡的「違背」或「違反」之意，如「言語不合」、「不合邏輯」？還是另有他意，其實是「交鋒」、「交戰」的意思？文言文裡通常缺乏明確的指稱，所以「必謹察之」是要「誰」小心防範或「什麼情況」必須注意觀察？如果是「誰」，指的是將領個人還是眾多士兵？相信這些問題在現代社會或許會出現不同往昔的解讀與翻譯。

　　梁啓超（1873-1929，清末民初文史哲學者）曾提出翻譯可以分成二種：

　　　　一，以今翻古；二，以內翻外。以今翻古者，在
　　　言文一致時代，最感其必要……以內譯外者，即

---

② Munday, Jeremy, *Introducing Translation Studies*, 3rd edn (London: Routledge, 2012), p. 8.

③ 孫子著，馬俊英主編：《孫子兵法》（臺北：好讀，2005），頁206。

狹義之翻譯也。④

「以今翻古」是同一種語言內的翻譯，以現代語法習慣翻譯古時文字思想；「以內翻外」涉及兩種不同語言，將外國語言譯成本國語言，就是一般認定的狹義上的翻譯。

雅克布森（Roman Jakobson，1896-1982，俄羅斯語言學家與文學理論家）也將翻譯分類。他提出三種：「語內翻譯」、「語際翻譯」，以及「符際翻譯」。⑤前兩者恰巧對應了梁啓超所提的「以今翻古」跟「以內翻外」。相較於語際翻譯的豐富研究，我們對語內翻譯與符際翻譯較少著墨，這兩個與我們日常生活緊密連結的翻譯種類，一直未在翻譯理論與實務中得到足夠的討論篇幅。接下來，我們藉由臺灣讀者熟悉的事例，配合說明雅克布森的翻譯種類。

第一類，語內翻譯（intralingual translation）：相同語言內的翻譯，即單語翻譯之意，以相同語言解釋或改述（rewording），像是使用同義詞（synonyms），或用上繁冗字句來解釋其實可以簡潔言明的想法或觀念（circumlocutions）。文字雖然改變，但意思得以保存。

常見情形像是文言與白話之間的轉換、方言與方言或官方語言之間的對譯（如：香港廣東語發音的電影重新以國臺語配音在臺灣上映）、不同文種之間的轉譯（如：將詩詞改寫成散文），甚至不同年齡階層、不同知識背景之間也需要翻譯。舉例來說，在醫院裡，醫護人員對著年紀較大、只會聽講臺語的老人家說明病症時，必須換句話說，方便他們

---

④ 梁啓超：《佛學研究十八篇》（南京：江蘇文藝，2008），頁138-139。

⑤ Roman Jakobson, 'On Linguistic Aspects of Translation', in *Translation Studies Reader*, ed. by Lawrence Venuti, 3rd edn (London: Routledge, 2012), pp. 126-131.

了解，「高血脂」可能要改為較口語的「血油太高」，聽起來複雜的病情，如：「腸繫膜血管阻塞」，則須改述為「腸子中風」或「腸子血管塞住」。

第二類，語際翻譯（interlingual translation）：一直以來獲得最多關注的雙語翻譯（包含筆譯和口譯），就是一般意義或嚴格意義上的翻譯（translation proper）。

第三類，符際翻譯（intersemiotic translation）：跨符碼的翻譯或轉換（transmutation），使用者經常以非語言符碼（nonverbal signs）解釋語言符碼（verbal signs）。

在PTT言論平臺上常見此類表現方式。利用圖示傳達一般以語言文字表述的心情，似乎可以讓人在無法直接會面的溝通模式下，較為迅速有效地告知對方自己的心理狀態。例如：以表情符號或顏文字表示情緒，像是ヽ（ノ▽ヽ）ノ表示愛莫能助或不在乎之意。或者，以英文字母組合成臉部符號，像是XD代表開心或大笑，QAQ表示哭泣或難過。將中文方塊字與顏文字符號組合也是常見情形：

▰▰▰▰崩ヽ（〒皿〒）ノ潰▬▬▬▰代表遭遇重大打擊而情緒徹底失控。

在這三類當中，符際翻譯是最廣義的翻譯，不僅擴大翻譯的定義與概念，甚至讓翻譯更開放、更有創意。巴斯奈特（Susan Bassnett，1945-，英國翻譯研究學者）補充說明，這類翻譯可以包括不同文藝音樂類別之間的轉換（genre shifts），像是由小說改編的電影、奠基於畫作的詩文作品，以及源於劇本文字的舞臺表演。[6]童元方（1949-，作家、學者與譯者）提到翻譯新義時，認為在書中插圖，或用文字給一幅畫加上標題或說明，「是以一種媒體補另一媒體之不足」，未嘗不能看

---

[6] Susan Bassnett, *Translation* (London: Routledge, 2014), p. 7.

做廣義翻譯。⑦

　　以此類推，圖像與聲音之間的轉換亦屬符際翻譯。例如：美國民謠歌手麥克林（Don McLean）在1971年推出至今仍廣爲傳唱的經典歌曲"Vincent"（梵谷之歌），向印象派大師梵谷（Vincent van Gogh, 1853-1890）致敬。歌詞詩意浪漫，曲調溫柔卻散發著淡淡的憂傷。在麥克林緩緩吟唱的歌聲裡："starry starry night, flaming flowers that brightly blaze"（星光燦爛的夜空下，花朵煌煌，盡情奔放），我們好似也「看」到了一幅幅梵谷流傳後世的畫作，還有他浪漫瑰麗卻痛苦掙扎的短暫人生。

　　丹麥學者澤森（Karen Korning Zethsen, 1964- ）認爲語內翻譯是現代生活裡的普遍現象：

> 實際上，我們在生活中接觸著各式各樣的語內翻譯形式，像是專業人士與一般民眾之間的溝通、簡化自成人文學的兒少版讀物、服務聽障人士的字幕、濃縮全文的大意、某幾類的新聞報導，以及經典新譯等等。
>
> （In practice, we see many kinds of intralingual translation, numerous varieties of expert-to-layman communication, easy-readers for children, subtitling for the deaf, summaries, some kinds of news reporting, new translations of classics.⑧）

---

⑦　童元方：《選擇與創造：文學翻譯論叢》（香港：牛津大學出版社，2009），頁203。

⑧　Karen Korning Zethsen, 'Intralingual Translation: An Attempt at Description', *Meta: Translators' Journal*, 54.4 (2009), 795-812. <www.erudit.org/revue/meta/2009/v54/n4/038904ar.html>.

　　以經典新譯來說，因為時空的變異與語言使用習慣的隔閡，每隔一段時間，重要典籍總會以新的面貌重新問世。新的面貌並不只是改個書名、更新封面設計，或找來名人推薦。認識時局趨勢、判斷普羅大眾口味更是需要重視的因素。畢竟，每個世代的價值觀一直在變化，典籍著作若只吸引到小眾的學者，卻無法引起大眾的興趣，最終只能進入出版社倉庫或銷毀，不僅出版方無法獲利，經典的傳播也無法持續。雖說經典學說需要以淺顯的白話轉譯精簡艱深的古文，但如果重新譯介只是以訓詁方式不斷地注疏校釋，年輕讀者恐怕翻開第一頁便立即掩卷。

　　從E世代到滑世代，成長於網路時代的讀者習慣電腦編排的閱覽方式，比起文字，顯然更喜歡透過圖像吸取訊息。閱讀習慣上的變化明顯改變了經典的翻譯與詮釋。新近出版的經典新譯《正是時候讀莊子》（2016）[9]與《非普通三國：寫給年輕人看的三國史》（2015）[10]正是結合潮流的例子。前者運用大量的漫畫，透過圖片解釋原文，再佐以作者自己的解讀，讀者在書裡看到了如古籍般編排的原文、結合漫畫的白話翻譯，還有放入篇章前言與問題思考裡的譯者態度；後者如書名所示，以年輕讀者為出版對象，雖然漫畫所占篇幅極少，但文字內容充滿大量的鄉民用語與時下流行話語，而且在以虛擬對話為主的寫作方式上，讀者看見了作家自己對於三國歷史的想像與詮釋，文字編排也大量使用電腦文書的字體變更，以突顯文意解讀重點。

　　每個世代都有屬於自己的思考迴路，這兩本新譯典籍就像是年輕一代對數位媒體操作行為的縮影，反映他們的圖像式閱讀與思考方式。不管是莊子學說還是三國歷史，距今已有一、兩千年的時間距離，如果不

---

[9] 蔡璧名：《正是時候讀莊子：莊子的姿勢、意識與感情》（臺北：天下，2015）。

[10] 普通人：《非普通三國：寫給年輕人看的三國史》（臺北：方寸文創，2016）。

能用當代人可以接受的方式重新翻譯詮釋，古籍經典就無法重生。原文作者的意旨雖然重要，但了解大眾喜好也是訊息溝通裡的重要考量，這樣可以讓典籍的翻譯模式變得活潑生動，更容易被一般讀者接受，對於典籍的保存與流傳也大有助益。

　　除此之外，我們也發現典籍語內翻譯的一個不同以往的現象，權威人士的解釋不再是唯一的閱讀標準。以前權威學者對原文的理解與註釋是讀者重要的參考指標，像是南宋學人朱熹（1130-1200）對《論語》的注疏，便深切影響後人的解讀。可是，一旦解釋只能容許一種聲音、一種版本的存在，讀者的思想空間就會遭到限縮，忘記自己其實擁有質疑任何觀點的權利，而在這個不再將權威當成一切的時代裡，每個人都可以取回話語權，提出自己的詮釋。雅克布森在定義三種翻譯類別時，便重複使用"interpretation"（詮釋、理解、解讀）一字三次，我們可以理解成，翻譯過程中原本就會包含譯者自己對原文的詮釋，而讀者也會對譯文有自己的詮釋。

　　除了古文今譯（modernization），戲仿作品（parody）與諷刺作品（satire）也屬於語內翻譯的範疇。[11] 依《牛津辭典》線上版釋義，戲仿指的是「特意以誇張、詼諧的方式模仿一部詩文或音樂等文藝作品，或是模仿某寫作或藝術風格」（an imitation of the style of a particular writer, artist, or genre with deliberate exaggeration for comic effect），諷刺則是「透過幽默、嘲諷、誇大或揶揄的手段，揭露人們的惡行惡狀並加以指責，經常用來反映當代政治與時下熱門議題」（the use of humour, irony, exaggeration, or ridicule to expose and criticize people's stupidity or vices, particularly in the context of contemporary politics and other topical issues），也可以指「使用諷刺手法的劇作、小說、電影或其他形式的作品」（a play, novel, film, or other work which uses satire）。舉例來說，漫

---

[11] Susan Bassnett, *Translation* (London: Routledge, 2014), p. 7.

畫家便經常藉由圖畫與文字嘲諷現實中發生的政治社會亂象。達文西的著名畫作〈蒙娜麗莎〉也有許多令人捧腹的仿作，隨意搜尋網頁，得到的作品多不勝數。戲仿作品和諷刺作品都需要奠基於現存作品或現存現象上，半仿效、半自創地形成脫胎自「原作」的「譯作」，讓語內翻譯的範圍更加寬闊、更具創意。

　　儘管使用相同的語言，在不同的地方，也存在語內翻譯的需求。例如：臺灣與大陸都使用中文，最顯著的差別在於前者書寫繁體，後者習慣簡體，但是不是只要利用電腦工具列裡的「繁簡轉換」功能，我們彼此之間便溝通無礙？在無國界的網路上，我們常常會讀到以中文寫成的新聞文章裡，有時會出現自己並不熟悉的用語，像是這個新聞標題：「那些改名後腸子都悔青的城市」[12]，看起來陌生，卻又帶點趣味。查閱之後，才知道「腸子悔青」有誇飾「後悔」之意。「青」不只指綠色、藍色，還指黑色，而人死後，腸子會變黑，所以「腸子悔青」就是誇張地表示「後悔到死」、「後悔莫及」的心情。臺灣讀者除非對於大陸的民間或網路用語很熟悉，否則在第一時間恐怕無法立即反應「腸子悔青」的意思。

　　另外，臺灣、香港與澳門都使用繁體中文，文字雖相同，含意卻不見得相同。在港澳用語中，路上經常看到的「前地」是「廣場」的意思，「斜巷」是「有高低落差的階梯或街道」，而購物用餐時的「鴛鴦」指的是咖啡加奶茶，「不補水」是「不找零、不補差額」，「卡位」則是面對面的包廂座位，不是叫同伴先去占位子。

　　即使語言相同，但若社會文化與意識型態不太一樣，也會需要語內翻譯，像是海峽兩岸合資拍攝的影視作品。壹電視曾在2013年2月播放一齣由臺灣與大陸合力製作的戰爭歷史戲劇，講述一名臺籍日本軍醫被

---

[12] 隋詩編：〈那些改名後腸子都悔青的城市〉，《新唐人電視》，2015年7月15日，<www.ntdtv.com/xtr/b5/2015/07/15/a1210623.html>。

強徵至對岸打仗，費盡千辛萬苦才得以返鄉與家人團聚的故事。在兩地上映時，片名是不一樣的。臺灣的片名是《回家》，搭配預告畫面，觀眾知道這齣戲是關於一名軍醫磨難重重的返鄉路；大陸方面則使用《彼岸1945》，聚焦在臺灣於1945-1949年間脫離日本殖民統治後的模糊定位。除了片名，兩地的片頭與片尾曲也各自相異，臺灣偏向流行歌曲；大陸使用磅礴弦樂。片中的語言使用與歌曲選擇也不同，以第一集為例，《回家》的臺詞夾雜國臺語，日語也會依對白情境適時出現；《彼岸1945》的配音幾乎以普通話為主，大幅刪減臺語與日語，像女主角的日文名字Yukiko（雪子）在陸版裡便改以中文翻譯發音。此外，軍醫在異鄉戰場上的夜晚，思念著遠在基隆的家人時，拿出口琴淒楚地吹奏著充滿臺灣當地色彩的歌曲〈月夜愁〉；而陸版則使用臺灣觀眾感到陌生，但相信是當地觀眾熟悉的曲調。同樣的一齣劇，明明使用相同的畫面與語文，但因為不同的視聽消費市場與意識型態等考量，成為彼此的「翻譯」，倒也為觀賞增添許多樂趣。

網路粉絲翻譯

　　1980年代初期，個人電腦出現，1990年代末期，部落格在網路世界興起，2004年與2005年，臉書與YouTube相繼上線，隨後智慧型手機逐漸普及，2010年平板電腦引發風潮，一直到現在的行動上網，我們一路從「E世代」進入了「滑世代」。在這個數位時代裡，我們似乎習慣「宅」在網路上購物、社交，連看電視都不再需要趕回家，盯著大大的電視機，只要透過行動裝置，隨時隨地都可以「看電視」。因為網路科技的演進，我們得以在網上擁有更多空間與自由，與他人分享、交流。我們連結網址、搜尋資料、書寫隨想、發表評論、與人互動。我們還可以在網路空間裡架設一個專屬自己的網誌平臺，「出版」自己的文字、

圖像或音樂創作，甚至可能因此培養了一群「粉絲」。在這個素人創意大受鼓舞、盡情奔放的年代，專業與權威已經不是唯一的「正解」，所有人都可以貢獻己力或展現自己的思維。維基百科便是一例，任何人（不侷限於專家學者）都可以在上面瀏覽與編修網頁內容，網路的群眾時代於是來臨。

網路的變革當然也為「翻譯」引發了新的現象，即粉絲翻譯行為（fanlation，fan translation的合併）。相較於專業譯者，粉絲譯者（fanlator或fan translator）指的是素人或業餘譯者志願而無酬地從事翻譯行為。當然專業譯者一樣可以奉獻私人時間，自發地參與粉絲翻譯活動。

常見的粉絲翻譯形式有「掃譯」（scanlation，scan與translation的混合字），就是將外國漫畫掃描下來之後，再進行翻譯與編輯。這也是粉絲翻譯最早的模式，初衷在於推廣日本動漫。另一常見模式是「粉絲（或業餘）字幕」（fansubs，fan subtitling的合併），粉絲或慣稱的「字幕組」（fansub groups）自行翻譯與輸入字幕（fansubbing），或透過重新配音（fandubbing）方式，在網路上傳播喜歡的影視作品或電玩遊戲。

因為興趣、熱情與樂於分享的初衷，業餘粉絲譯者願意貢獻個人時間與精力，投入沒有金錢報酬的翻譯活動。在網路上規模較大，且擁有官方網站、微博與百度貼吧的「人人影視字幕組」（YYeTs）便特別聲明：「字幕組由網路愛好者自發組成，不以盈利為目的，加入僅憑個人興趣愛好，沒有任何金錢實質回報。」⑬除了愛好、免費、共用、交流、學習，還有不從製作的作品中進行商業盈利行為，也是字幕組一向

---

⑬ 人人影視字幕組：〈招募愛看劇又喜歡寫文章的你〉，2016年10月22日，<www.zimuzu.tv/announcement/66>。

秉持的宗旨。[14]

　　世界上各個國家都有字幕組的存在，翻譯速度都極快，爲了趕第一時間（或與其他字幕組競爭）將譯好的影片上線，與等在電腦前的各地同好網友分享，一齣韓劇可能在韓國當地晚間才播完，因爲時差關係，英國的粉絲可以在同一天的午後或晚飯時間，便在網路上收看到字幕組釋出的最新一集翻譯作品。由粉絲參與打造的影視平臺Viki便是一個頗受歡迎的「追劇」網站，提供網路用戶世界各地的影視娛樂節目，不只有華人熟悉的中日韓戲劇，連遠在南美的委內瑞拉與哥倫比亞的劇集都可以看到，翻譯的語言計有百種以上。Viki的知名口號是"global drama powered by fans only"，就是「全球戲劇字幕都只由粉絲翻譯」的意思，強調所有的節目字幕均由粉絲社群和字幕組翻譯。

　　要在極短的時間內譯完一部電影或一齣六十分鐘左右的戲劇，單靠個人力量恐怕獨木難支，何況上檔中的戲劇需要每日或每週更新，持續數週，乃至數月。於是，「協作翻譯」（collaborative translation）成爲粉絲翻譯特有的運作模式，借助群衆力量，共同完成一項翻譯任務。這裡的衆人之力指的是「群衆外包」（crowdsourcing）的概念。

　　「群衆外包」仰賴網路串連人力，在2006年由*Wired*（連線）雜誌的兩位編輯郝（Jeff Howe）與羅賓森（Mark Robinson）共同提出，特別強調「公開號召」（open call）與「不特定的大衆」（an undefined and generally large network of people）兩項條件，藉以集中群力，共同達陣。[15]YouTube上有個介紹「群衆外包」的短片，精簡點出這概念的精神："Crowdsourcing is a way of solving problems and producing things by

---

[14] 字幕組：〈中國字幕組以及字幕組的歷史簡介〉，《人人影視吧》，2014年12月8日，<tieba.baidu.com/p/3456524636>。

[15] Jeff Howe, 'Crowdsourcing: A Definition', *Crowdsourcing* (2006), <crowdsourcing.typepad.com/cs/2006/06/crowdsourcing_a.html>.

connecting online with people that you otherwise wouldn't know."[16]簡單地說，就是透過網路的力量，將彼此陌生的一群人相互連結，聚集眾人智慧，共同解決問題或創造事物，例如：資訊傳播、技術分享、創意發想或翻譯活動。

《哈利波特》系列小說的粉絲翻譯便是「協作翻譯」的經典例子。完結篇的官方英文版《Harry Potter and the Deathly Hallows》在2007年7月21日正式問市，大陸網路在7月23日便已開始流傳全書中文譯本。短短兩天之內，「哈利波特7吧官方翻譯小組」（又名「霍格華茲翻譯學院」）的六十名粉絲成員，共同完成長達六百四十頁的原文小說。大陸與臺灣的官方中文版《哈利波特：死神的聖物》，分別由人民文學與皇冠負責出版，均晚「哈7吧」三個月才推出。借助網路之便，「協作翻譯」讓一部翻譯作品立即、迅速地傳播出去，完全做到「信息彈指間」。

在Web 2.0的環境下，社群網站、部落格與多媒體平臺注重「用戶為主」與「協同合作」的精神，公開徵求志願譯者的參與更是必要作法。「哈7吧」的統籌人先發出譯者徵求通知，二百名志願譯者經由實際翻譯測試之後，經過篩選，最後只留下合格的六十名譯者。因為這些志願粉絲大多為非英文系的大學生，因此在早期的招募階段，「哈7吧」就決定跟另一個粉絲翻譯小組洽談合作，加快翻譯效率，盡量確保翻譯品質。[17]奠基在「群眾外包」上的精神，「哈7吧」成為一個特定的虛擬工作平臺，調度大量人力，處理龐雜內容。負責人召集擁有共同喜

---

[16]　Crowdsourcing.org, *Crowdsourcing and Crowdfunding Explained* (2012) <www.youtube.com/watch?v=-38uPkyH9vI&list=WL&index=31>.

[17]　Fan Xu徐帆, 'University and Secondary Students Were the Main Forces in Citizen Translations of Harry Potter Book 7', *EastSouthWestNorth*東南西北, 26 July 2007, <www.zonaeuropa.com/20070728_1.htm>.

好與興趣的「虛擬群體」，將耗時耗力的小說翻譯任務，切割成許多細小部分，分配給參與的志願譯者。所有的工作任務，無論是分配或執行，從事前籌備階段、實際翻譯過程（包含翻譯、修訂與校審），到最後的錯漏更新，通通在網路上完成，群眾不需要實際見面才能討論翻譯。

　　粉絲翻譯是當前翻譯趨勢中極重要一環，貼切反映數位時代的特性，也在「協作翻譯」的歷史上再添一筆紀錄。「協作翻譯」並非這時代獨有的產物，中外翻譯歷史上，早有合作翻譯的形式存在。例如：《欽定版聖經》（Authorized Version, 1611）動用五十名以上的譯者共同翻譯，唐朝玄奘法師譯經也非單打獨鬥，而是借助譯場二十名左右助手的幫忙。

　　粉絲翻譯其實也面對許多負面聲浪，最常見的兩項批評是品質把關問題，以及違反著作財產權的爭議。[18]我們有時候會在字幕組翻譯中，發現令人啼笑皆非的誤譯窘況，也有時候會因為字幕字數過多，而不得不按下暫停鍵，將字幕閱讀完畢，才能繼續觀賞影片。更有時候，字幕組上傳的影片被版權擁有者封鎖，威脅要採取法律行動。但是粉絲譯者也無須絕望，奠基於分享與交流精神的「創用CC授權」（Creative Co-marons）便能運用來處理原創者與再創者之間的爭議。前文提及的ViKi線上影視平臺即是以「創用CC授權」運作粉絲字幕翻譯活動。

　　另一方面，粉絲翻譯者是否真的完全沒有涉及任何營利行為？當字幕組因為網站的高點擊率而帶來廣告效益時，這算不算一種商業獲利？然而倘若沒有金錢收入，字幕組又該如何長久維持網站資源或添購字幕製作設備？如同前文所提，粉絲譯者的精神在於喜歡分享與交流學習，當我們得以在最短的時間內，不花一分一毫，便可以在網路上觀賞最新

---

[18] Chia-hui Liao, 'Fanlation in the Digital Age', *Spectrum* 13.1 (2015), 39-62 (pp. 55-57, 48-50).

出爐的外國影集時，我們是否能夠忽視這些隱姓埋名、使用代稱的粉絲譯者，將他們的付出視爲理所當然？我們有沒有想過，字幕輸入軟體或網站維持費用可能都來自各方捐款或由志願者自行買單？

　　粉絲譯者對於翻譯的貢獻需要獲得認可與尊重，即使沒有受過專業翻譯教育與訓練，也不全然代表他們的翻譯品質欠佳。[19]再者，享受他們勞動成果的我們，沒有理由因品質瑕疵而否定主動付出時間與心力，熱情投入翻譯的他們，何況當中不乏懷抱熱忱的專業譯者，隱身匿名在背後默默奉獻。回想一下，我們是不是也曾經碰過這樣的情形：字幕組會在螢幕畫面的上方或左右兩側，以不同於底部字幕字型與顏色的文字，說明影片中出現的異文化觀念？觀賞中的我們，是不是也感謝、佩服他們的用心，讓我們在娛樂中也能學習新知？

「誤譯」的意外驚喜

　　誤譯處處都是，公共場合標示或菜單英譯上的誤譯（mistranslation）尤其常見。英國BBC第一臺知名的《葛雷漢‧諾頓秀》喜劇訪談節目主持人曾與來賓聊到令人捧腹又無語的菜單翻譯實例，戲謔地表示一些「粗劣而且懶惰的翻譯」（poor and lazy translations）讓海外用餐經驗充滿了危險。[20]

　　對譯者來說，誤譯是令人汗顏的事情，必定盡全力避免錯誤發生，然而即使是專業譯者，再如何小心謹慎，恐怕也難免出現紕漏，

---

[19] 同前註，pp. 48-49。

[20] 'Badly Translated Menus - The Graham Norton Show: Series 17 Episode 1 - BBC One', *BBC* (2015) <https://www.youtube.com/watch?v=1kjI3N4zbWE>.

更何況有誰能夠保證自己眞的從不譯錯？楊絳（1911-2016，作家與譯者）便寫過這段話：

> 平心說，把西方文字譯成中文，至少也是一項極繁瑣的工作。譯者儘管認眞仔細，也不免挂一漏萬；譯文裡的謬誤，好比貓狗身上的跳蚤，很難捉拿淨盡。[21]

　　曾經在上課的時候，請學生想想誤譯可能會造成的負面效應？他們很快想出好幾項不良後果，像是「造成讀者的錯誤理解」、「作者知道了會生氣」、「譯者領不到錢」、「違反專業」或「製造誤會，引起紛爭」等等，當中「作者知道了會生氣」這一點眞的被寫進了小說裡。
　　小說《誤譯的人生》（*The Translator*, 2013）裡的女主人翁是通曉多國語言的大學教師與資深譯者，正在將一本以某位能劇演員爲主角原型的暢銷日文小說譯成英文。她投注許多心力，自認對小說內容有十足的了解，也相信作者一定會認同、讚賞她的貢獻，卻沒料到作者在大庭廣眾下控訴她的翻譯扭曲了主角的精神：

> 妳的工作應該是翻譯我的文字和我的小說，而不是懷抱著想要讓人類團結的想法去改造我的小說。我不知道妳爲什麼會對翻譯抱持著這種想法，但我想沒有任何一位心智正常的作者會想要把他的作品交給妳翻譯。妳的工作應該是要把我的日文翻譯成英文，因此請妳記住那是我的小

---

[21] 楊絳：《楊絳作品集》，卷二（北京：中國社會科學出版社，1993），頁359。

說，不是妳的……一件作品的產生是來自於作
者的創作。看來妳似乎忘了如果沒有我的話，妳
的翻譯根本沒有發揮的餘地……我的主角被妳
毀了。妳不但把他變成一個混蛋，而且還是個
愚蠢至極的混蛋……妳應該爲自己的行爲感到羞
恥。[22]

從這段話當中，我們都領教了作者的憤怒，而在小說中，作者的確強烈
要求出版社更換譯者。譯者備感委屈，她認爲自己向來戰戰兢兢地埋首
翻譯，「像個僕人似的忠實而努力地工作」，但作者卻抹煞她的心血，
將她視爲「很糟糕的譯者」。[23]在這本文學翻譯與人生思索交相映照的
小說裡，譯者最後向作者致歉，承認她的曲解改變了小說的原貌，並以
贖罪的心情奉上重譯稿。[24]

　　回到誤譯這件事上，除非是譯者粗心與沒有看懂原文所造成的錯
誤，倘若是「解讀不同」而造成的「誤譯」呢？起碼小說中幾處譯者在
查證過程中舉出的誤譯，在我看來，是出自理解事情的角度不同所形成
的歧異。例如：

她把「渾渾噩噩」譯成「沮喪」，因爲沮喪代表
放棄，氣餒和屈服。她想要更精確地表達次郎的

---

[22] 妮娜‧休勒著，楊士堤譯：《誤譯的人生》（新北：野人文化），頁
115-116。

[23] 同前註，頁166。

[24] 同前註，頁316。

　　　心境，但事實遠比她所想的還要複雜。㉕

同樣的小說，如果由另一名譯者著手翻譯，相信會有不同的解讀與譯文表現，而解讀沒有對錯優劣，所以譯者真的如小說裡作者的認知，毫無發揮的自由與空間？

　　記得2008年5月中，當時念書的系所籌辦高行健（1940-，法籍華裔劇作家、小說家、譯者、2000年諾貝爾文學獎得主）到校演講並播放他編導演的電影《側影或影子》（Silhouette / Shadow）。在映後討論會上，我舉手向他請教關於他作品《八月雪》（2000）的問題，已不記得當時的確切提問，但直至今日，仍然一直記得他帶著微笑，語氣和煦地回答：「這是你的解讀，不是我的解讀，但我很高興你有這樣的解讀。」

　　高行健的回答令人聯想到羅蘭‧巴特（Roland Barthes，1915-1980，法國文學批評家）提出的閱讀概念：「作者已死，讀者誕生。」（The birth of the reader must be ransomed by the death of the Author.㉖）簡單說，作家在完成作品之後，他便已經死亡——他與作品之間的關係畫下了句點。文本意義的解讀是讀者的權利——閱讀行為是讀者與一個完成文本之間的對話交流，作品意義的詮釋移交至讀者這一方，文本的價值也在閱讀過程中形成。

　　因為所屬時空背景的不同，讀者本來就會依照自己的成長體驗、生活經驗與習慣偏好等因素去詮釋一部作品。就《誤譯的人生》裡的日文小說翻譯而論，要將含蓄被動的日語及日本文化在相對主動開放的美語

㉕　同前註，頁304。

㉖　Roland Barthes, 'The Death of the Author', in *Literary Theory: An Anthology*, ed. by Julie Rivkin and Michael Ryan, trans. by Richard Howard, 3rd edn (Chichester: Wiley Blackwell, 2017), pp. 518-521 (p. 521).

文化中「再現」，出現原文與譯文兩方的期待落差，純屬自然。閱讀該
讓讀者擁有思考與想像的空間，而不是按照作者的期待去理解原文，何
況讀者不見得接收的到或願意遵循作者的期望閱讀。作者預期的效應不
見得會百分百在讀者身上實現，他未設想到的結果可能反而由讀者意外
製造出來，所以作者何不開放地看待千百種讀者與他的作品撞擊出來的
千百種閱讀反應？我們應該都有這樣的經驗，在人生的不同時期看同一
本書、同一部電影，感受不盡然相同，譯者也是。假設讓同一名譯者在
十年前與十年後翻譯同一部作品，相信譯本會有差別。知名譯者尹萍便
提過歲月對她的翻譯經驗的影響：

> 隨著自己年齡增長，英文進步，對原書的理解更
> 勝年輕時。年輕時迅速輕快地把英文轉變成中
> 文，自己簡直像個機器。年長之後，尤其在西方
> 世界居住，對英美文化有更深的體悟之後，看許
> 多句子都有未明言的含意，每個概念都有微妙的
> 文化根源，中文往往沒有相應的說法，很多意境
> 無法精準地表達。翻譯因此成為一種繡花事業、
> 水磨功夫，而我不再是機器，倒比較像匠人。[27]

不同於一般讀者，譯者這名「特別的讀者」身負傳達原作意旨的重
要任務，不會無故「改造」原作、更不會「隨心所欲地亂譯一通」。相
信認真做過翻譯的人（包含學生在內）一定明白敬業精神，會小心再三
地完成每一次的案子或作業，畢竟，對譯者來說，誤譯真的是令人羞愧

---

[27] 尹萍：〈【譯界人生】尹萍：到後來翻譯時的我，不再是機器，倒比
較像匠人〉，《博客來OKAPI閱讀生活誌》，2013年10月3日，<http://
okapi.books.com.tw/article/index/2426>。

難當的事。但是翻譯沒有百分百的忠實，譯文衍生出與當下時空相關的解讀與重述，跟譯入語的國家社會及文化價值觀產生連結，是自然不過的事。

面對譯者的疏忽或失誤，讀者通常又如何看待？挑出大大小小的誤譯之處，追著錯誤窮追猛打，大聲指責？還是平心靜氣地指出錯誤，檢討錯誤的形成原因，以供後續改善？臺灣社會的習性恐怕傾向前者。曾有一則報導以「勤於挑錯的社會」為題，指出整個臺灣瀰漫著「挑錯文化」的氛圍：

> 不知道從什麼時候開始，全台灣都成了一個「勤於挑錯的社會」，議員使勁挑官員錯誤，媒體拚命接爆料，老闆努力找員工的缺點，老師一味看學生的失誤……它[挑錯]幾乎變成了一種反射動作，不論我們看到任何人事物，第一個想的就是：「他有沒有問題？」、「它有沒有弊病」，這使得我們凡事都直接往壞的一面去看，久而久之，就算這些人事物有優點，我們也都會選擇略過，因為我們的重點在於「挑錯」。[28]

譯者同樣面臨嚴苛的誤譯批判，讀者很容易在網路或媒體報導上找到相關的劣譯勘誤資料，除了以（✓）與（✗）的傳統「改考卷」方式挑出錯誤外，還會佐以負面的文字，大力抨擊譯者的能力水平，語氣嘲諷尖銳，彷彿誤譯的譯者犯下了滔天大罪，褻瀆了原文、踐踏了原作者、蹂躪了譯文讀者。

---

[28] 葉柏毅：〈勤於挑錯的社會〉，《中廣新聞網》，2015年2月2日，<https://tw.news.yahoo.com/勤於挑錯的社會-221932207.html>。

　　在這裡提出「挑錯文化」這件事，並不是說我們不能指出錯誤。上翻譯課的時候，教師基於職責，當然必須告訴學生誤譯所在，以及如何解決與避免失誤。同儕學習之間也需要提醒彼此譯文裡的謬誤之處。但這裡想要說的是挑錯的心態與面對他人錯誤的態度。誠如報導所言：

> 我們在面對問題的時候，要培養出一種批判但不失平衡的態度。就跟教育孩子一樣，如果我們不問是非，只有讚揚，會讓孩子們變得目空一切無法無天；但若是我們對於孩子做得好的地方也一味漠視，光只是拚命找錯誤，久而久之也會斲喪了孩子們向上的進取心，因為反正不管再怎麼努力，會被拿出來放大檢視的，仍然只是做錯的地方。[29]

用在翻譯上，指出錯誤的心態是為了什麼？幫助對方，讓他檢討改善譯文、小心誤譯的後果，還是攻擊對方以突顯自己的聰明才智與權力掌控？挑錯的說話態度是不是一定要目中無人、尖酸刻薄，秉持著充滿優越感的口吻？錯誤不是數落他人、證明自己的工具，面對誤譯，態度可以平和冷靜。何況如果為了挑出誤譯，便用心整理出勘誤前後的譯文對照表格，一定更加深學習印象吧？另外，誤譯或劣譯讓心存懷疑的讀者決定仔細地閱讀原文，不也是語言與翻譯學習上的額外收穫？他人的失誤卻意外幫助自己獲得另類的好處，是一項「美麗的意外」啊！
　　誤譯不盡然全帶來負面的效應。前文提到，上課時我曾詢問學生關於誤譯的反面結果，我接著又請他們想想正面影響，他們提供兩個意見：「歪打正著」和「製造意外效（笑）果」。前者是僥倖成功的感

---

[29] 同前註。

覺；後者倒是有著一種「無心插柳柳成蔭」的湊巧，無意間的舉動，卻帶來超乎預料的好結果。「挪威的森林」就是這樣的狀況吧！

歌手朱頭皮（朱約信）在2016年推出一張《挪威的木頭》專輯，同名歌曲〈挪威的木頭〉前奏融入英國流行搖滾樂團披頭四（The Beatles）的"Norwegian Wood"（挪威的木頭）和伍佰的〈挪威的森林〉。在MV影片中，演員們扮演日本小說家村上春樹，以及他《挪威的森林》一書中的其他主角。MV一開頭出現幾行字：「TRIBUTE to 村上春樹 The Beatles 吳俊霖（伍佰）」，向這三者表達致敬之意。朱頭皮將這首歌放在他個人的YouTube頻道上，並在資訊說明處寫下這段話：

> 以「挪威的森林」命名的諸多作品，影響咱台灣人多年！
> 但為何「Norwegian Wood」會被翻成「挪威的森林」？
> 這個問題到底是無聊的命題還是千古不解之謎？[30]

所以，「挪威的木頭」到底是如何踏上「挪威的森林」這條不歸路？為了了解整個來龍去脈，接下來我們先由披頭四的歌曲談起。

1965年披頭四錄製"Norwegian Wood"（挪威的木頭），當時暫定歌名為"The Bird Has Flown"（鳥兒飛走了），歌詞內容飽含情色意味，如開頭："I once had a girl / Or should I say, she once had me / She showed me her room / Isn't it good, Norwegian wood?"結尾則有韻事戛然而止的感覺，充滿惆悵："And when I awoke / I was alone, this bird had flown / So I lit a fire / Isn't it good, Norwegian wood?"整首歌有一種「把妹」不成反被

---

[30] 朱頭皮：《挪威的木頭》，2016年5月25日，<www.youtube.com/watch?v=sKd5u2W6OMc>。

拋棄的可憐意味。

　　1987年村上春樹出版《ノルウェイの森》（挪威的森林），背景設定在1960年代學運頻繁的日本，劇情主要是關於男主角與兩名女子的感情交錯，披頭四的"Norwegian Wood"這首歌多次出現在書裡，是主角之一的直子喜歡聽的歌曲，帶給她哀傷的感覺：「我聽到這首曲子時有時會非常傷心。不知道為什麼，但覺得自己好像正在很深的森林迷了路似的。」[31]

　　1996年伍佰推出《愛情的盡頭》專輯，當中收錄自己寫的〈挪威的森林〉。伍佰表示，村上春樹在臺灣發行過的書，他大多都讀過，而〈挪威的森林〉一曲確實源自閱讀《挪威的森林》後得到的感動。他喜歡森林裡某個安靜角落的意象，單純喜歡「挪威的森林」這名字，便用來當歌名。[32]伍佰的「森林」與披頭四的歌曲無關，指的是情人心裡那片無人可以駐足的地方，如他的歌詞所述：「心裡是否有我未曾到過的地方啊！……心中那片森林何時能讓我停留？」

　　"Norwegian Wood"描述的其實是披頭四成員之一的約翰·藍儂（John Lennon）的婚外情。他曾大方承認，這首歌就是在說他自己的外遇，所以歌詞必須寫得朦朧模糊，以免東窗事發："Norwegian Wood is my song completely. It was about an affair I was having [...] so I was trying to be sophisticated in writing about an affair, but in such a smoke-screen way that you can't tell."另一成員保羅·麥卡尼（Paul McCartney）也補充說明，當時大家流行用挪威木頭裝潢房子，其實就是便宜的松木（A lot of

---

[31] 村上春樹著，賴明珠譯：《挪威的森林》（臺北：時報，1997），頁144。

[32] Evany：〈伍佰VS.村上春樹〉，《村上春樹の網路森林》（2008）<www.readingtimes.com.tw/timeshtml/authors/murakami_haruki/music/02.html>。

people were decorating their places in wood. Norwegian wood. It was pine really, cheap pine.）。所以「挪威木頭」暗指外遇對象的住處，後來，有一種解讀，說歌名是一種文字遊戲（a play on words），暗藏藍儂與第三者的出軌意圖"Knowing she would"。[33]

　　所以我們終於知道《挪威的森林》其實是誤譯，但這個錯誤卻橫跨兩個世紀至今，想來，這個誤譯還會繼續流傳。但當時到底為什麼單數的「木頭」（wood）會被翻成複數的「森林」（woods）？據報導指出，村上春樹其實知道英文的原來意思，但在他寫作的當下，披頭四的"Norwegian Wood"早已被唱片公司誤譯為〈ノルウェイの森〉，成為深刻的時代記憶，於是他只好跟著沿用，而這一沿用，也在日後讓伍佰創作出〈挪威的森林〉，但有意思的是，伍佰的歌名英譯反倒真正成了"Norwegian Forest"。[34]

　　寫出這個誤譯的例子，並不是要責備誤譯這件事。即使是誤譯，也是翻譯，不是嗎？儘管這是個錯誤，甚至讓村上春樹也只能無奈地接受沿用，但是相信絕大多數的人都認為這是個美麗的錯誤吧！如同朱頭皮在他的〈挪威的木頭〉裡所唱：「當作美麗的錯誤，枷鎖何必解脫？」當初如果不是神祕夢幻的「森林」，而是當作建材的「木頭」，日後也許就沒有伍佰那首動人的〈挪威的森林〉了。

　　上課時，詢問學生「挪威的森林」讓他們有何聯想？1996年前後出生的他們滿臉興奮地喊著「伍佰！」雖不是自己設想中的「村上春樹」，卻也為「挪威的森林」的魅力感到驚奇。日方的誤譯居然在臺灣

---

[33] 'Norwegian Wood (This Bird Has Flown)', *The Beatles Bible*, (2017) <www.beatlesbible.com/songs/norwegian-wood-this-bird-has-flown/>.

[34] 鄭進耀：〈【壹週刊】「挪威森林」原意是指約翰藍儂的婚外情〉，《蘋果日報》，2016年6月1日，<www.appledaily.com.tw/realtimenews/article/new/20160601/875839/>。

創造了連串迴響。

　　與其將翻譯的焦點放在錯誤上，不停地爭論對錯，我們何不思考一下可以從錯誤中看到什麼寶貴之處？正如英國翻譯理論學者巴斯奈特（Susan Bassnett, 1945- ）所言，一直強調翻譯裡的損失貶抑了翻譯的重要價值（the emphasis on loss devalues the importance of translation）。[⑤]與其拚命聚焦在錯誤與失去上，何不想想我們可以從誤譯裡得到什麼？若要從推動文化持續發展的角度來看待翻譯活動的價值，我們就不該執著地計較譯文裡的缺漏，反而該換個方向去欣賞透過翻譯所能帶給讀者更豐足的字句意涵，像巴斯奈特說的"what remains is more than enough"。翻譯並非不斷損失的過程，而誤譯的價值也許是讓我們可以回頭探索翻譯歷程，親自挖掘原典的真實面貌，同時在過程中，知道更多翻譯曲折與不同的詮釋觀點。

　　即使是誤譯，卻也打破了不同國度與文化間的藩籬，連接不同的文學與音樂。從英國、日本到臺灣，雖然繞了一大圈，經歷不同時空，我們不還是知道了原始典故？從披頭四、村上春樹、伍佰到朱頭皮，歷經了不同世代，我們是不是也在其中看見粉絲的力量，透過創作與翻譯，為喜歡的作家、音樂家或明星吸引更多的粉絲，讓更多人認識、喜歡他們偶像的作品？

「超譯」現象

　　「超譯」是什麼樣子的翻譯？是語內翻譯的一種嗎？還是一種翻譯策略？英文是"super translation"

[⑤] Susan Bassnett, 'Preface', in *Contemporary World Writers*, ed. by Tracy Chevalier, 2nd edn (London: St James Press, 1993), pp. vii-ix (p. ix).

　　嗎？是誰提出來的呢？爲什麼在這個年代，「超
譯」成爲流行用語？

　　近幾年，「超譯」一詞在臺灣出版市場突然流行起來，截至目
前爲止，出版界出現若干以「超譯」爲名的書籍，像是《超譯易經》
（2014）、《超譯佛經》（2014）、《超譯王陽明》（2014）、《超譯
論語》（2015）及《超譯詩經》（2015）等等，看起來都跟古文典籍有
關。到了2016年，書名變得更加酷炫，像是《超譯佛經：大阪歐巴桑的
天公開悟》、《超譯韓非子：幫你是爲了黑你》，《贏向商用4.0：超
譯孫子兵法的新實戰力》，另外，不知是否因應網路世代的圖像式思
考，還有納入大量繪圖說明的《圖解超譯孫子兵法》。將書作冠上「超
譯」二字，似乎成了一種吸引讀者注意的流行現象，但書中卻不見得會
說明「超譯」的意義或是「超譯」與該書的關係。
　　那麼到底什麼是「超譯」？新唐人電視臺《老外看中國》節目有一
次的單元是「超譯沒有極限」，將近十分鐘的內容，主持人列舉許多中
譯英的好笑錯誤。[36]所以「超譯」是「超級好笑的誤譯」嗎？
　　在維基百科搜尋「超譯」，得到《超譯百人一首戀歌》（超訳百人
一首 うた戀い）的結果，指的是漫畫家杉田圭在2010年出版的漫畫。
介紹詞有一句是這樣說的：「平安時代和歌的世界，夾雜著流行語和外
來語的現代視角詮釋，詠嘆著主人公的思念和交流。」由此推測，「超
譯」會是一種「以現代人角度看文本的詮釋方式」嗎？
　　2015年出版的《危險的友誼：超譯費茲傑羅&海明威》在封面上提
供了英譯："The Dangerous Friendship: Ultra Translation of F. Scott Fitzger-
ald & Ernest Hemingway"，將「超譯」譯做 "ultra translation"。依據《朗

---

[36] 郝毅博（Ben Hedges）：《老外精選：超譯沒有極限，爆笑中翻英特
輯》，2014年4月20日，<www.youtube.com/watch?v=OhgQsnmf0us>。

文當代高級英語辭典（第五版）》，"ultra-"這個前置詞（prefix）有兩層意思：1.「極（度）」（extremely）；2.「外、超」（above and beyond something in a range）。由此推估，「超譯」應含有「超越一般尋常翻譯」之意，跳脫忠實、精確的原則，未以傳統、慣用或保守方式處理譯文。

譯作豐富的作者陳榮彬在〈代後記：謝辭〉裡提及，該書是「以海明威與費茲傑羅的文學情誼為主題的小傳……以兩人畢生經歷為經，以作品為緯，勾勒出兩人文學生涯的梗概，透過了解其中一位，促使我們對另一位的詮釋和關照。」[37] 依據這段話，「超譯」一詞可以指作者本人，挾帶特定的書寫角度與見解，針對某人物、作品與其內容文字，提出個人的解讀與闡述。

最有意思的發現在何致和為《危險的友誼》這本書撰寫的推薦文裡，他幽默地將該書比做現今網路媒體流行的一種「新型的寫作模式」──「懶人包」概念，就是作者在蒐集資料（多半為英文原文）、加以分析整理判讀之後，以有效的方式與「流暢精鍊的文字」呈現出來，即「在最短時間內，幫助讀者了解複雜訊息」。[38] 依此看來，「超譯」含有化繁為簡的書寫與閱讀功能，作者先消化龐雜的資料，再濃縮精簡予讀者，聽起來倒是很像書裡主角海明威的寫作風格。

新聞記者出身的海明威，總是摒除自認不需要的部分，以簡單扼要的文句，傳達訊息豐富的故事。他寫作向來遵守一個信念──「冰山原則」（iceberg principle）：

---

[37] 陳榮彬：《危險的友誼：超譯費茲傑羅&海明威》（臺北：南方家園，2015），頁236-237。

[38] 何致和：〈他不懶，你聰明：超精鍊寫作的最佳示範〉，收於陳榮彬：《危險的友誼：超譯費茲傑羅&海明威》（臺北：南方家園，2015），頁16-19。

　　我寫作喜歡依循冰山原則，只有八分之一在水
上，剩下的八分之七在水下。你知道的部分統統
可以刪掉，放進水底，雖看不到，卻足以撐起整
座冰山。

（I always try to write on the principle of the iceberg.
There is seven-eighths of it underwater for every part that
shows. Anything you know you can eliminate and it only
strengthens your iceberg. It is the part that doesn't show.[39]）

　　他以《老人與海》（*The Old Man and the Sea*）為例，原本他可以
寫上一千多頁，鉅細靡遺地交代村民生活，但在1952年付梓成書時，只
有一百多頁左右。他想用少少的文字敘述完整的故事，於是他只說海面
上的故事，海面下的「暗潮洶湧」，就仰賴露出水面的冰山一角，還有
讀者自己閱讀時的理解與想像。他希望故事可以成為讀者的部分經歷，
就好像真的發生過一樣（after he or she has read something it will become
a part of his or her experience and seem actually to have happened）。[40]換句
話說，海明威雖然沒寫出海面下的故事情節，但讀者卻好像已看到那被
隱藏的八分之七。

　　如果以「冰山原則」看待「超譯」，超譯者的確是為譯語讀者刪去
不需要的枝節。超譯者視翻譯目的或其他考量而定，判斷、操縱訊息的
去留，同時留下大量空白處讓讀者參與。讀者自行發揮想像，填補、陳
述看不見的情節發展，以思想、意念與情感填進故事留白的地方，追尋

---

[39] George Plimpton, 'Ernest Hemingway, *The Art of Fiction No. 21*', *The Paris Review*, 18 (1958) <www.theparisreview.org/interviews/4825/the-art-of-fiction-no-21-ernest-hemingway>.

[40] 同前註。

自己認定的文本意義。

有人可能會有疑問，超譯者自行決定訊息的去留，如此隨心所欲，難怪「超譯」被戲稱是「超級隨便的翻譯」。然而如上文引述的「冰山原則」所載明，海明威排除的不是他不懂的東西，而是他知道或讀者也可以感受到的部分，而那些東西並沒有消失，依然存在文本中，只是隱藏在水面下（Anything you know you can eliminate and it only strengthens your iceberg.）。如果作者省略的是他自己都不懂的東西，那麼這個故事絕對破綻百出（If a writer omits something because he does not know it then there is a hole in the story.）。[41]所以「超譯」其實可以看成是一種策略性的翻譯，為符合某種目的或期待而使用。

「超譯」一詞在臺灣的出現緣自於2012年9月，商周出版社推出日本作家白取春彦編譯的《超譯尼采》（超訳ニーチェの言葉），介紹德國哲學家尼采的思想與言論，在各網路圖書銷售通路的行銷文案上使用了「超譯」一詞：

> 本書「超譯」了語言簡練的232則語錄，特別適合讀慣了手機小說那種簡短語言的年輕一代的閱讀習慣，此類自我啓發書無疑最為巧妙地貼近了這個時代。

換言之，「超譯」為迎合年輕世代的語言使用習慣，透過簡單直白的文字、緊湊短潔的篇幅，解釋艱澀抽象的哲學概念，藉此將尼采哲學介紹給現代讀者。「編譯者」白取春彦則在〈前言〉裡提及「編纂」二字：「本書特別從中挑選反映現代人心靈層面的佳句短文，加以編纂成

---

[41] 同前註。

冊」。[42]據此說法，「超譯」隱含有蒐集整理（如：彙編）及創作再製（如：改編）之意。

　　《超譯尼采》原著於2010年1月在日本出版，同年3月新刊JP（日本圖書介紹網站）撰文介紹「超譯」一詞。文中指出，「超譯」源自日本學院出版社（アカデミー出版）廣受讀者喜愛的「超譯系列」（超訳シリーズ），是一種翻譯手法：

> 如同常見的意譯或直譯，「超譯」是一種翻譯方法，讓讀者更能進入書中世界的手段（「超訳」によって読者は本の世界により近づくことができる）。「超譯」的目的是以自然的日文呈現原文（自然な日本語に訳すことを目指した），將原文換句話說，文字較爲簡練俐落（意訳をより洗練したもの）。由於「超譯」強調語言使用需自然，因此翻譯過程中難免會有悖離原文（原文を逸脱）的情形。[43]

　　「原文を逸脱」，就是在翻譯中對原文不忠實，這個聽起來很激進的做法卻是出自出版社的決策。推出《超譯尼采》的日本新銳出版社DISCOVER21出版部長藤田浩芳說明他們的「超譯」理念：

---

[42] 尼采著，白取春彥編譯，楊明綺翻譯：《超譯尼采》（臺北：商周，2012），〈前言〉無提供頁碼。

[43] 金井元貴：〈直訳でも意訳でもない「超訳」―その意味とは？〉，《新刊JP》，2010年3月4日，<www.sinkan.jp/news/1021?page=1>。此處感謝虎尾科大應外系河尻和也老師協助日文校對。

> 我們本著認真的態度斷章取義，從尼采的著作中
> 選取了232段名言警句，用最通俗的語言進行「超
> 譯」。[44]

所以當「超譯」被批評斷章取義、胡亂翻譯時，原出版社卻是一開始就刻意地截取全文其中的一部分，嚴肅對待「斷章取義」這件事。

《超譯「哲學用語」事典》一書也提到同樣觀點。該書提及，「超譯」就是「將艱澀難懂的哲學用語以一句話簡潔超譯」。[45]作者小川仁志強調，為幫助讀者了解艱澀難懂用語，有必要將專業用詞以簡單詞彙譯出，而過程中難免產生「不忠」的情況：

> 有別於「直譯」或「意譯」等傳統翻譯概念，[超
> 譯]將「意譯」進一步延伸，主張即便犧牲原文正
> 確性，也要以讀者易讀、易懂為翻譯最高指導原
> 則，有時也會大幅省略原文……遭受「不忠於原
> 文」的批判。[46]

依據小川仁志的看法，用一般人可以理解的淺顯用詞解釋困難概念，才不會讓人對哲學望而生畏，產生排斥，雖然過度簡化用語會有改變原文意思的疑慮，但是他認為越追求精確便越難理解，所以讀者需要「超

---

[44]　〈日本《產經新聞》消息：憂鬱時代我們需要「超譯」哲學家名言〉，《嚴選7週刊》，2012年9月25日，<www.7headlines.com/signup/?next=%2F>。

[45]　小川仁志著，鄭曉蘭譯：《超譯「哲學用語」事典》（臺北：麥田，2013），頁10。

[46]　同前註，頁3。

譯」，意即，換句話說。[47]

　　綜上所述，「超譯」有個重要的特點，就是現代人對一部作品（無論任何形式）擁有屬於自己的詮釋方式，儘管與原文相異、儘管有斷章取義之嫌，仍維持自己的獨特見解，將之化為文字或以圖像表示。簡單地說，超譯就是譯者選取自認值得描述或延展的意涵，進行再創作，甚至是全新創作。蔡惠仔認為「超譯」是一種「大幅度改寫的翻譯種類」，可稱為「改寫型翻譯」（adapted translation），並指出其三項特別之處：

> 首先，在忽略原文的情況下，超譯本通常具有完整的訴求和明確的內容；其次，將超譯本和原文對照之下往往會發現，兩者表達的思想迥異；第三，就算原文和超譯本表達的意旨迥異，超譯本也代表著譯者對於原文的一種延伸想像，不能說原文和超譯本兩者截然無關。[48]

確實，譯者翻譯時總會帶著自身的經驗或懷著某種目的，對文本裡的文字與空白之處有自己的詮釋，因此，改寫過程中必然會出現與原作相異之處。

　　但是「超譯」絕對不是可以任意對原文望文生義，進而胡譯、亂譯或硬譯，更不是「超級隨便的翻譯」、「超級隨心所欲的翻譯」或「超級胡扯的翻譯」。

　　「超譯」反映了一種極簡趨勢。對於排斥諄諄教誨型態寫法的年輕

---

[47] 同前註，頁4-9。

[48] 蔡惠仔：〈超譯《道德經》：新時代風格的三種《道德經》英譯本〉（未出版碩士論文，臺師大，2014），頁5。

一代讀者，這類書籍像是自助手冊（self-help manuals），可依自己的實際需求斟酌閱讀，而類似教戰手冊的概念，需要有效地傳達訊息，而不是浮誇繁複的文風，因而在文字的運用上，「簡約」（less is more）成為主要的寫作方式。其一，因應行動裝置的網路排版，以及現代讀者可能會有利用片段時間隨時閱讀的需求，文句必須避免冗長繁複。其二，「超譯」後的文字輕薄短小，刪略絕大多數的解釋與評論，只陳述重點，傳達主旨，以少少的文字，換取最大的效益，有時候還會搭配圖像，大幅減少文字，留給讀者較多的想像、詮釋與思考空間。

在題材選擇上，這些將「超譯」納入書名的出版書籍，絕大多數與哲學相關，以心靈勵志為訴求。如《產經新聞》所報導，「隨著憂鬱時代的到來，人們面臨突然解雇、就職難、自殺率居高不下等重重危機，產生了嚴重的心理問題，迫切希望從西方哲人的名言中找到自己的『人生羅盤』。」[49]在不安的年代，哲學家語錄與宗教有著一樣的功能，提供了安定人心的力量，讓自己可以在生活中淡定向前。

讀者可能會質疑，「超譯」中的「重點」跟「主旨」，其實是超譯者自己想要傳達給讀者的觀念或想法，並非作者原意。《超譯尼采》就是一例，雖然非常暢銷，卻也遭致許多「不忠於原作」的批評，尼采的粉絲更忙著澄清說尼采才沒有說過這句話或那句話。但是想想我們讀過的《論語》，那些影響一代又一代人的箋註真是孔子本意，抑或是歷代註釋者對孔子語錄的個人解讀？《超譯尼采》的熱賣以及其後許多「超譯」書籍的出版，反映出一個不爭的事實，就是現代讀者傾向平易簡單的文句，也接受「超譯」文意的作法。

或許，藉由「超譯」這個議題，我們可以思考一下：是不是只有一

---

[49] 〈日本《產經新聞》消息：憂鬱時代我們需要「超譯」哲學家名言〉，《嚴選7週刊》，2012年9月25日，<www.7headlines.com/signup/?next=%2F>。

字一句、如影隨形地緊貼原文才是翻譯的唯一定義？是不是只有遵守忠實原則的翻譯才能稱爲翻譯？在這個價值觀多元、開放而異向的世界，是不是所有的事情都得有個絕對是非？「超譯」的出現是不是也反映了這個不再以權威與經典爲單一眞理的時代？每個人都可以運用自己的經驗，任何人都可以建構屬於自己的知識，讀者不再被動地等待作者或出版方餵食知識。譯者在翻譯的時候，僅僅只是爲原文提供服務的人，抑或是以自己的詮釋翻譯原文的「重寫者」、「超譯者」？

　　2013年夏天，擁有多重身分的霍費爾（Jen Hofer）與蒲律可（John Pluecker），身兼作家、藝術家、文學譯者、出版者、與社運口譯工作者之職，帶領了幾位藝文界人士，在美國紐約州的奧斯特里茲小鎮（Austerlitz），共同寫下了「超譯宣言」（A Manifesto for Ultratranslation），以思辨的觀點看待語言（特別是強勢語言，如：英語），藉此重新想像與連結所處的世界。該文以列點方式，提出許多關於「超譯」的看法。當中的第五點如此寫道：

> 超譯衍生自翻譯，然後將翻譯推至他處。
> （Ultratranslation bubbles up from translation, moves translation somewhere else.[50]）

宣言中的第六點則定義"ultra"（超）這個前置詞，再次強調「他處」與「另一端」的意思，進一步指出「超越限制」的含意，也點出其「極度」之意（Ultra: spatially beyond, on the other side, indicating elsewhere. Ultra: going beyond, surpassing, transcending the limits. Ultra: an excessive

---

[50] Jen Hofer, John Pluecker, and et al., 'A Manifesto for Ultratranslation', *Antena* (2013) < http://antenaantena.org/wp-content/uploads/2012/06/ultratranslation_eng.pdf >.

or extreme degree）。這兩點文字少少，沒有過多贅言，卻引發思考與想像。

　　源自日本的「超譯」指的是將艱深的原文以精鍊的文字譯出，同時考量了現代人的閱讀習慣，語句簡短。而這篇宣言吸引人的地方在於「他處」與「超越限制」的概念。在不熟悉的地方、接近極限的地方，翻譯可以做什麼？翻譯會變成什麼樣子？這讓人不禁想到，任何人類的意涵，總有翻譯無法達到的地方，這就是翻譯的極限。翻譯的極限處這個概念，就是翻譯的邊緣之處。對於這個極限之處，無論是不可譯的極限，或是想超越、延伸極限極的可能，或許就是「超譯」想要探索的地方。

　　這樣解釋好了：若將翻譯比喻成一個國度，一般意義上的翻譯位於中心地帶，超譯就是國度邊境，但無論是京城或邊陲，風景雖不同，卻都屬於同一個國度範圍。對於蠻荒邊際，譯者可以置之不理，也可以挑戰涉進。而在這邊緣區域，擁有雙重身分的譯者，他的角色與定位會被放大突顯。譯者既是原文讀者，也是譯文作者，在邊境地帶，他少了翻譯「禮法」的束縛，得到了更大的詮釋空間，讓思想得以奔放。在國度的正中央，詮釋空間有限，因為對於嚴格意義、狹義上的翻譯，有些規則要遵守，有些信息不能任意操弄。簡單地說，超譯就是譯者對文字詮釋權的展現。透過超譯，譯者得以發聲，表達他的意識型態，包含社會觀點、信念價值，或行事標準。因此在超譯的領域裡，譯者的聲音被聽見了，形象更清楚了，不再如往常一樣寂靜無聲。

　　位於心臟區域的翻譯與邊際地帶的超譯需要協調互動，唯有透過彼此交流，翻譯這個國度才有可能合作發展。翻譯的價值在於能夠包容多樣性，接納不同的聲音。「翻譯研究」如要蓬勃發展，甚至必須藉由新形式的翻譯行為拓展領域，才能面對時代挑戰、繼續前進。

「超譯」案例探討：
佛經譯師鳩摩羅什在當代的譯寫與改作

一部文學作品或一位歷史人物在讀者心裡的樣貌
會不會恆久不變？還是隨著時代流轉，產生新的
形象？千百年之後，這部作品或這位人物是否依
舊熠耀？在時光更迭之後，能不能繼續打動現代
讀者？

緣起

在描述了「超譯」現象及其正在萌芽發展的新義與引申之後，接下
來我們以第二章開始即提過的佛經譯師鳩摩羅什（344-413）為例證，
探討他個人在當代發生的譯寫與改作狀況。讀者也可以在這個案例裡印
證這本書裡所提及的理論及議題，並藉此思考翻譯研究的未來走向。

在東亞的佛教界，鳩摩羅什是個眾所周知的名字。除了佛學以
外，鳩摩羅什的譯經師身分及譯經貢獻在語言、翻譯與文化思想等領域
均獲得許多學術研究關注。提到「譯場」的佛典漢譯活動時，除了道安
（312-385）與玄奘（602-664）的譯場，鳩摩羅什譯場裡的譯經模式一
直是重要的譯事研究重點。他在長安主持的逍遙園譯場是中國歷史上第
一個直接由國家出資贊助的譯經組織，承襲漢晉時期的私人翻譯活動，
也開啟了唐宋時代的國立譯經場。[51]

---

[51] 蕭世昌：《鳩摩羅什的長安譯場》（高雄：佛光文化，2012）。

　　鳩摩羅什譯作豐富，一生所譯佛典經律論集三百餘卷。[52]梁啓超說他是「譯界第一流宗匠」，認爲在他譯出諸多佛典之後，中國的翻譯文學便已然成立。[53]孫昌武更直言「譯經事業」是鳩摩羅什的首要成就：「他開創了譯經史上的『舊譯』階段，在譯經方法、制度等方面樹立典範」。[54]

　　當鳩摩羅什的書寫多聚焦於佛學、譯論及譯場制度與運作等學術研究時，在大眾讀物的領域裡，他傳奇的人生經歷似乎相當吸引當代傳記作者及小說家的興趣，不斷地被重新解讀、重新詮釋、重新譯寫，形成不同的接受現象。

接受理論

　　翻譯研究的跨學科（interdisciplinary）本質，讓我們在探討一項翻譯議題時，可以「跨界」至其他領域，藉助不同的理論見解及學說觀點擴大我們對這項議題的認識與了解。例如：在文學理論中，注重讀者參與和文本閱讀之間關係的「接受美學（又稱「接受理論」或「讀者反應批評」）」（reception aesthetics, reception theory, reader response criticism）便可借用來解釋一名人物或一部作品在不同時期與當下的接受現

---

[52] 依《出三藏記集》，共有35部，294卷；《開元釋教錄》爲74部，384卷；《歷代三寶記》爲97部，425卷。詳見《漢文大藏經》（2017）<http://www.cbeta.org/index.php>。

[53] 梁啓超：《佛學研究十八篇》（江蘇：江蘇文藝，2008），頁155-156。

[54] 孫昌武：〈中國文化史上的鳩摩羅什〉，《南開學報（哲學社會科學版）》，第2期（2009），頁47-48，54。

象及變化過程，像是對照鳩摩羅什在古時候的樣貌，以及他在今日被再創（recreated）、改作（rewritten）後的形象。

　　閱讀過程中，讀者（reader）跟文本（text）之間的互動是「接受美學」的關注所在。代表人物姚斯（Hans Robert Jauss, 1921-1997）與伊瑟（Wolfgang Iser, 1996-2007）兩人都重視作者、作品與讀者三方的互動，以及讀者對作品的反應。依他們之見，閱讀經驗不是被動的感受，而是主動的參與。對姚斯來說，讀者所處的時代文化脈絡是閱讀文本時的重要考量，他重視文學作品在某段或不同歷史時期裡的接受狀況，強調讀者跟文本之間的互動是一個持續進行的過程，讀者對文本的解讀也會受到「期待視野」（horizon of expectations）的影響，因而作品的詮釋意義不會永恆不變。[55] 換句話說，讀者以自身經驗對文本形成的預設觀點會讓文本的意義無盡延伸。伊瑟則注重閱讀的行為，在乎個別讀者的反應，認為文本的生命必須由讀者實現，意即，沒有讀者的主動參與和解讀，文本便毫無意義。而文本的空白處（blanks or gaps）、未定處（indeterminacy）或未寫處（unwritten part）正好提供讀者參與文本詮釋的機會。[56]

　　由於譯者也是讀者，翻譯的過程便等同於一場主動的閱讀。譯者是主動的讀者，透過創造與再創造的手段，積極實現文本意義。如伊瑟所見，對主動的讀者來說，積極而有創意的閱讀行為需要結合文本與想像力（it is the coming together of text and imagination），單靠一方並無法

---

[55] Hans Robert Jauss, *Toward an Aesthetic of Reception*, trans. by Timothy Bahti (Minneapolis: University of Minnesota Press, 1982).

[56] Wolfgan Iser, *The Implied Reader: Patterns of Communication in Prose Fiction from Bunyan to Beckett* (Baltimore: Johns Hopkins University Press, 1978), p. 275.

完成。[57] 而譯者的詮釋與觀點會持續更新文本意義，文本的解讀不會古今不變。

事實上，無論書裡的文字是母語或外語，閱讀即是一種詮釋與翻譯行為。讀者在解讀文本的過程中，將自己的想法翻譯、傳達出來，對於身兼「原文讀者」與「譯文作者」雙重身分的「譯者」來說，更是如此。無論譯者是讀者或作者或編撰者，他都是在閱讀之後，將見解化為文字，轉譯而出。文學批評學者布魯姆（Harold Bloom, 1930- ）與伊瑟都曾提到，詮釋一直都是一種翻譯行為：

> 布魯姆：「"Interpretation' once meant 'translation,' and essentially still does."[58]
>
> 伊瑟：「"We have to remind ourselves of what interpretation has always been: an act of translation."[59]

依據伊瑟的看法，詮釋是「洞察已知，復原逸失」（penetrating behind what is given in order to recuperate what is lost）。[60] 換句話說，閱讀並非只是了解字裡行間的意思，更應該往文字背後探索，重新發現歷史素材未完成或隱藏之處。其實，無論歷史的空白部分能否追回，在拼湊填空當中，讀者都享受了參與的樂趣。如伊瑟所強調，讀者若發現自己能夠對文本的詮釋貢獻己見時，樂趣便油然而生（The reader's enjoyment

---

[57] 同前註，p. 279。

[58] Harold Bloom, *A Map of Misreading* (New York: Oxford University Press, 1980), p. 85.

[59] Wolfgang Iser, *The Range of Interpretation* (New York: Columbia University Press, 2000), p. 5.

[60] 同前註，p. 8。

begins when he himself becomes productive, i.e., when the text allows him to bring his own faculties into play.）。[61]

史籍裡的鳩摩羅什

　　許多人幫鳩摩羅什立傳。在中古世紀，鳩摩羅什的傳記多見於宗教經錄與歷史典籍，例如：南朝時期僧祐（445-518）的《出三藏記集》、慧皎（497-554）的《高僧傳》，以及唐朝時代房玄齡（579-648）等文人編撰的儒家正史《晉書》。史籍裡關於鳩摩羅什的生平記載似乎沒有太多變異，後人為他作傳總是參考前人記敘，因此，均成書於六世紀初的佛教經錄《出三藏記集》與《高僧傳》極其相似，編撰於七世紀中的史書《晉書》則可視為前兩者的綜合刪節版。[62]

　　依據這三部後人經常援引的史冊，鳩摩羅什是天竺（今印度）與龜茲（今新疆庫車）的混血兒，從小便天資聰穎，過目不忘。書裡形容他「神俊」且「聰明超悟，天下莫二」，年僅七歲，每日便能背誦一千首佛偈，相當於三萬二千字。九歲在辯經大會上從容沉穩地擊敗對手。二十歲時，他在佛學修為上的名氣已傳遍西域諸國。也許是因為南北朝時期（420-589）的世族大家普遍推崇天才型的少年，在這樣的時代背景下，完成於此時期的《出三藏記集》與《高僧傳》都極力打造鳩摩羅什宛若神童的形象。

---

[61] Wolfgang Iser, *The Act of Reading* (Baltimore: The Johns Hopkins University Press, 1980), p. 108.

[62] 針對這三本及其他重要的鳩摩羅什中古時期傳記的考察與異同分析，見 Yan Lu, 'Narrative and Historicity in the Buddhist Biographies of Early Medieval China: The Case of Kumarajiva', *Asia Major*, 17 (2004), 1-43。

　　史籍中的鳩摩羅什識多才廣，說法之餘喜歡涉獵各式各樣的書籍，通曉醫卜星象。然而飽學佛法的他卻只留下少數知識於世間，在他過世之後，有一外國沙門來訪，說「羅什所諳，十不出一」，意思是說，鳩摩羅什生前所譯經文根本不及他自己所懂的十分之一。

　　除了生平與譯經功績，這三本史籍也都記載了鳩摩羅什所經歷的種種磨難與娶妻納妾的破戒始末，《晉書》裡更有關於他至今仍令人深感不解的神怪經歷。依據史冊，鳩摩羅什兩度違反戒律都是在被掌權者逼迫的情況下發生。第一次是在龜茲被前秦攻破後，他在呂光將軍的脅迫與強行灌酒的計謀下，與一名公主成親：

> 光既獲什，未測其智量，見年齒尚少，乃凡人戲之，強妻以龜茲王女。什拒而不受，辭甚苦到……乃飲以醇酒，同閉密室，什被逼既至，遂虧其節。[63]

第二次則是他在長安譯經時，被後秦國主姚興以「傳播法種」的名義威逼接受十名歌妓：

> 姚主常謂什曰：大師聰明超悟，天下莫二，若一旦後世，何可使法種無嗣？遂以妓女十人，逼令受之。[64]

---

[63]　〔梁〕慧皎：《高僧傳初集》（臺北：佛陀教育基金會，2006），頁36。

[64]　同前註，頁40。

現代傳記譯寫後的鳩摩羅什

在現代，因爲鳩摩羅什的宗教大師身分，他經常被納入以佛教傳播爲主旨的書籍裡，即使是概述性質的佛教史，也會有篇幅描述他的生平。[65]將鳩摩羅什納入合集也是常見的收錄方式，例如：《十八高僧傳》的〈大乘傳人鳩摩羅什〉[66]，《影響中國的26個名僧》的〈一代佛學譯經大師—鳩摩羅什〉[67]，《中國十大高僧》的〈鳩摩羅什—兩朝皇帝發兵萬里擄請而來的譯經大師〉[68]，以及《袈裟裡的故事—高僧傳》的〈火化焚身舌不焦爛的—鳩摩羅什〉[69]。除了僧人選集篇章以外，獨立一本的個人傳記也很常見，像是：《偉大的佛經翻譯家—鳩摩羅什大師傳》[70]、《萬世譯經師—鳩摩羅什》[71]。

若從上述的篇章名稱、書名與內容來看，對現代讀者而言，鳩摩羅

---

[65] 例如：野上俊靜等著，聖嚴法師譯：《中國佛教史概說》（臺北：法鼓文化，1999），〈第三章—經典之翻譯與研究〉的第六小節講述鳩摩羅什的生平、譯場、譯經貢獻與弟子；于凌波：《簡明佛學概論》，第二版（臺北：東大圖書，2005），〈第六章—佛經翻譯與藏經編修史〉涉及鳩摩羅什的譯場組織與譯經過程；吳平：《圖說中國佛教》（上海：上海書店，2009），頁30-31及45-50，作者簡述鳩摩羅什的譯場與譯經對佛教發展的意義。

[66] 叢培香：《十八高僧傳》（北京：人民文學，2006）。

[67] 羅志仲：《影響中國的26個名僧》（臺中：好讀，2003）。

[68] 李利安：《中國十大高僧》（臺北：勝景，2002）。

[69] 熊琬編撰：《袈裟裡的故事—高僧傳》（臺北：時報，1981）。

[70] 宣建人：《偉大的佛經翻譯家—鳩摩羅什大師傳》，第二版（高雄：佛光，1996）。

[71] 徐潔：《萬世譯經師—鳩摩羅什》（臺北：法鼓，1998）。

什的高僧與天才翻譯家形象一直很鮮明。從古文紀錄的史籍到白話書寫
的現代傳記與漫畫，他的譯者身分和譯經成就完整地跨越千年歲月，流
傳至今。關於他的名門出身、聰明博學、翻譯貢獻、守戒不全，以及在
涼州（今甘肅武威一帶）的漫長禁錮歲月，都是現代傳記裡不可或缺的
情節與記載，大致上與史籍無異。於是現代讀者對鳩摩羅什的印象是這
樣的：一名來自西域的高智商外國和尚，因故被擄至當時戰亂的中土，
雖然被迫娶妻納妾而破戒，卻依然在困境磨難中堅持佛學研究與譯經志
業。簡單說，如同歷史上諸多偉人的勵志形象，鳩摩羅什在書裡被塑造
成堅忍向上、值得敬佩的人物。

　　勵志人物一向適合青少年出版讀物，有兩本現代傳記便鎖定兒少族
群，以漫畫形式呈現，書名類似，分別是《偉大的譯經家—鳩摩羅什》
[72]與《偉大的譯經家—鳩摩羅什大師》[73]。圖畫比文字更能直接地表達書
裡的善知識，達到信念宣導的效果，也更加適合思想尚在形塑階段的兒
少族群。出版方應是希望藉由鳩摩羅什的生命轉折，爲青少年帶來勵志
好學的啓發。如《偉大的譯經家—鳩摩羅什大師》的總編輯所言：「大
師的偉大就在於『難行能行、難忍能忍』的毅力和精神，這也是我們在
製作這本書時，想要傳達給青少年的訊息和本懷。」[74]

　　至於破戒一事，史籍的作者，無論出於何種考量，皆記載鳩摩羅什

---

[72] 《偉大的譯經家—鳩摩羅什》，第七版（宜蘭：中華印經協會，
　　2005）。

[73] 阿部高明繪：《偉大的譯經家—鳩摩羅什大師》（高雄：佛光，
　　2000）。原作爲ひろさちや（Sachiya Hiro）著，阿部高明（Takaa-
　　ki Abe）繪：《クマラジュウ苦悩の仏教者（Kumaraju kuno no
　　bukkyosha）》（東京：鈴木出版株式会社，1997）。

[74] 妙有：〈編輯手記：一份藝術，一種享受〉，收於阿部高明繪：《偉大
　　的譯經家—鳩摩羅什大師》（高雄：佛光，2000），頁8。

遭受逼迫（見上文引述）。然而史籍裡對鳩摩羅什破戒的描述，僅短短五十餘字，從「強妻以龜茲王女」到「同閉密室」，乃至「遂虧其節」當中，留下許多空白與未知，也因此留下許多想像空間。這些文字間的空白給予譯寫者更多詮釋的可能與自由，引發與歷史紀錄迥然不同的聲音。

　　兩部漫畫《偉大的譯經家—鳩摩羅什大師》與《偉大的譯經家—鳩摩羅什》均點出雙方被迫共同過夜一事。前者讓鳩摩羅什說：「是我的錯……因為我一直拒絕犯戒，所以連公主都受害。」[15]他遭受呂光設計與公主成親，等於破了僧戒。後者則安排公主為鳩摩羅什洗刷清白，讓她親口說：「三藏師父沒有動我一根手指頭，他是清白的！」接著，公主便選擇跳樓自殺。[16]透過公主的自白與犧牲，這部漫畫向讀者傳達鳩摩羅什實際上沒有破戒的訊息，他依然清白高潔。然而或許是不能背離史料考據，鳩摩羅什還是愧疚地承認破戒：「公主代替我死……我等於是破了僧戒……。」[17]兩部漫畫在盡量符合歷史真實的情形下，憑藉史籍裡未寫處及未竟處，加以想像、詮釋，為鳩摩羅什守住清白。

　　叢培香則大膽重寫，顛覆史實，在〈大乘傳人鳩摩羅什〉一文中，堅決表明鳩摩羅什意志堅強、守戒嚴格：

> 他〔呂光〕甚至逼羅什娶公主，羅什不從，就把
> 他和公主關在一間屋裡，然後從旁窺視他們的動
> 靜，結果發現羅什秉燭到天明，沒有一點破戒的

---

[15] 阿部高明繪：《偉大的譯經家—鳩摩羅什大師》（高雄：佛光，2000），頁95。

[16] 《偉大的譯經家—鳩摩羅什》，第七版（宜蘭：中華印經協會，2005），頁142-143。

[17] 同前註，頁143。

行為。⑦

　　叢培香增加了整晚監視的情節，藉以烘托鳩摩羅什無法動搖的定力。相較於《偉大的譯經家—鳩摩羅什》裡說鳩摩羅什「他是清白的」，叢培香筆觸更加強悍地以「沒有一點」四個字捍衛鳩摩羅什的名譽。叢培香對於「強妻以龜茲王女」與「同閉密室」的結果安排完全不同於史籍中的紀錄，直接否決「遂虧其節」的結果。

　　鳩摩羅什破戒一事，儘管有史料信據，但在現代傳記中卻出現否定的聲音。叢培香與兩部漫畫都未解釋異於史料的更動，但編撰者個人信仰及出版單位也許能夠提供解答。叢培香在〈後記〉裡提到自己是「一邊學習佛學一邊編撰」，寫作過程緣自「佛緣突現」，同時也得到佛寺法師的協助。⑦或許是出自對佛教的發揚與對高僧的尊敬，叢培香不拘泥史冊裡的字句考證，著重高僧美善行誼的面貌及堅持信仰的精神。

　　《偉大的譯經家—鳩摩羅什》與《偉大的譯經家—鳩摩羅什大師》兩部漫畫的出版方都是宗教團體，分別是中華印經協會與佛光文化，透過文化教育弘揚佛法。秉持服務兒少讀者與傳承佛教文化兩項考量，內容旨在淨化人心，對讀者產生啟迪作用，因此高僧的面貌與行止保持神聖純潔。佛光文化的星雲法師便在〈總序〉裡提到，希望高僧漫畫的出版，能利於「人間佛教」的推廣，普及佛法之餘，同時「讓高僧的風範溫渥青少年清純的心靈」。⑧

---

⑦　叢培香：《十八高僧傳》（北京：人民文學，2006），頁61。
⑦　同前註，頁261。
⑧　星雲：〈總序〉，收於阿部高明繪：《偉大的譯經家—鳩摩羅什大師》（高雄：佛光，2000），頁5。

譯寫考量

在現代，出版社與編撰者在參考古籍為鳩摩羅什立傳時，必然會有時空背景、歷史意義、著述目的與消費市場等諸多考量。這種種因素都會影響傳記的譯寫與編撰，畢竟千年之隔的古今社會存在不同的文化脈絡與思想型態。

以《袈裟裡的故事─高僧傳》為例，出版前言與編撰者前言便表露了譯述考量。時報文化出版社在1981年推出四十五部「中國歷代經典寶庫─青少年版」系列，此書是當中一冊。編輯高上秦（高信疆筆名，1944-2009）希望在當時臺灣「官能文化當道，社會價值浮動」的環境氛圍下，繼續將中國文化風格與古典知識傳承給一般平民大眾，而不是由少數的知識分子獨享，因此，他期許這部書能夠淺白易懂，「改寫以後也大都同樣親切可讀」：

> 用現代的語言烘托原書的精神，增進讀者對它的親和力；當然，這也意味了它是一種新的解釋，是我們以現代的編撰形式和生活現實來再認的古典。[81]

高上秦在〈前言〉裡數次用「重新編寫」與「編撰改寫」來介紹這套書的編譯本質，並直言在維護原典題旨的精神下，對原著的刪節濃縮與擴充闡釋都是必須的編寫手段。[82] 書名的改變便是明顯例子，原本只有三個字的《高僧傳》，額外增加了六個字的白話翻譯，成為一部新作品

---

[81] 高上秦：〈前言〉，收於熊琬編撰：《袈裟裡的故事─高僧傳》（臺北：時報，1981），頁3-6。

[82] 同前註，頁6-8。

《袈裟裡的故事—高僧傳》。高上秦的編輯觀點與策略透露了在市場需求與閱讀習慣的考量下，為了讓更多讀者願意接觸這套書，進而接納出版社想推廣的文化知識，採取翻譯改寫的手法是一種必要的變通方式。

　　現代語言是譯寫需求裡的重要因素，重新以白話譯寫可以幫助現代讀者了解行文艱澀的歷史古籍。在不同的歷史朝代下，儘管使用的文字相同，但是文體與語法已隨時空產生變異。一般大眾並非漢學或佛學專家，儘管可以看懂每個字，恐怕仍難以立即了解文意。古文難免對讀者造成閱讀障礙，更遑論出版方希望產生的社會效應。如同編撰者熊琬所言：「梁、唐諸高僧傳的文字艱深，不易理解……若不加以改寫成較適合今人口味之文字，則縱使價值再高，也將被人束諸高閣。」[83]另外，熊琬呼應高上秦提出的看法，同樣認為譯寫過程中自然會出現新的詮釋與個人見解：

> 改編本是個吃力不討好的工作，譽之者說它是
> 「創作」，譭之者說它是「抄襲」……其中翻譯
> 的比例所佔雖多，但創意與發揮己見之處，亦自
> 不少。[84]

例如：熊琬對於鳩摩羅什告誡弟子不可學他違反戒律娶妻納妾一事，便在譯寫中加入自己的觀點，但並不妄下道德判斷，論斷是非對錯：

> 也許有人會生疑問，為什麼羅什大師可以破戒，
> 別人卻不可以呢？……彼聖人的境界，原非凡人

---

[83] 熊琬編撰：《袈裟裡的故事—高僧傳》（臺北：時報，1981），頁2-3。

[84] 同前註，頁2。

　　所能揣度。但爲方便度化，隨順環境，不得不加
　　以權巧變通。至若凡夫則是隨緣即變，非若聖人
　　隨緣不變。[85]

　　其實鳩摩羅什有無破戒，史籍上的記載也無法論斷眞假，何況歷史的紀錄本就存在人爲操縱以及許多未知的空白，但也因爲這些空白，後人才能依據自己的聯想跟「期待視野」，與這些未定處互動。

小說改作後的鳩摩羅什

　　西元2010年之後，鳩摩羅什這名字似乎在文學書寫領域逐漸引起關注，出現在虛實交錯的白話小說創作裡。[86]這些風格各異的作品依序

---

[85] 同前註，頁72-73。

[86] 其實早在1932年，施蟄存便在他的中篇小說《鳩摩羅什》裡，以鳩摩羅什的破戒爲主軸，從宗教與情慾的衝突角度，刻劃他內心的矛盾掙扎。關於這篇小說的探討，可以參見蘇雪林：《中國二三十年代作家》（臺北：純文學，1993），〈心理小說家施蟄存〉一章；高俊林：〈重思歷史小說的眞實性問題—以施蟄存《鳩摩羅什》爲例〉，《漢語言文學研究》，第2期（2014），頁27-31；鄔靜：〈舊題材與新感覺—論施蟄存小說《鳩摩羅什》〉，《福建教育學院學報》，第5期（2012），頁89-92；William Schaefer, 'Kumarajiva's Foreign Tongue: Shi Zhecun's Modern Historical Fiction', *Modern Chinese Literature,* 10 （1998）, 25-70。

是靈悟法師的《鳩摩羅什傳奇》[87]、金光裕的《七出刀之夢》[88]、高建群的《統萬城—高僧與匈奴王》[89]、龔斌的《鳩摩羅什傳》[90]，以及小春的《不負如來不負卿》[91]。他們以鳩摩羅什爲配角、主角或雙主角之一進行書寫，各自挾帶特定視角，透過白話翻譯、改寫、創作的方式，讓這位歷史上的高僧走出嚴肅的宗教典籍與注重品格教育的傳統傳記，慢慢地進入半眞實、半虛構，且充滿娛樂意味的通俗小說裡。

　　這些作者的背景各不相同，來自不同的專業領域：龔斌是學者，高建群爲職業作家，金光裕擔任建築師，靈悟法師既是作家也是寺廟住持，小春英文系畢業，研究所念商管，依書裡介紹，目前是職業經理人。他們有個共通點：「身分跨界」。讀者或許難以想像一名出身理工背景的建築師，居然創作了一部厚達五百五十八頁的長篇幻想歷史小說，而一名商界人士卻化身「粉絲」爲鳩摩羅什寫了一套總共三冊的浪

---

[87] 靈悟法師：《鳩摩羅什傳奇》（北京：宗教文化，2011）。靈悟並未在書裡說明寫作動機，但讀者可由「傳奇」二字知悉這是一本含有人物個性描述與情節鋪陳的娛樂消遣小說。此外，因作者寺廟住持的身分，加上出版方的宗教文化性質，書裡的鳩摩羅什依然帶有諄諄教誨樣貌，賦予這本小說教育啓迪功能。書的最後兩章便安排較多篇幅，讓鳩摩羅什在文中詳細解說他所翻譯的《法華經》與《金剛經》等重要佛典。

[88] 金光裕：《七出刀之夢》（臺北：大塊，2011）。

[89] 高建群：《統萬城—高僧與匈奴王》（臺北：風雲時代，2013）。

[90] 龔斌：《鳩摩羅什傳》（上海：上海古籍，2013）。龔斌強調歷史人文背景在書寫鳩摩羅什的重要，除了在書末附上《高僧傳》原文全文跟鳩摩羅什的年譜簡編之外，也在書裡簡述佛教從印度向東方以及在漢地傳佈的進程（例如：第一章與第十八章），並特別介紹龜茲文明與藝術（例如：第九章）。

[91] 小春：《不負如來不負卿》（臺北：希代，2015）。

漫言情小說。作家的「跨界」遙遙呼應了鳩摩羅什的「跨界」——他自身便橫跨天竺、龜茲以及中原三種文明。鳩摩羅什擁有一身的故事與傳奇，或許就是他的多重文化身分格外吸引這些「跨界」小說作者的興趣，他象徵的文化交融也讓他在今日文化頻繁流動的世界格外受到關注。

《高僧傳》作者慧皎形容鳩摩羅什「篤性仁厚，汎愛為心，虛己善誘，終日無倦」。[92]在身受儒學影響的漢文化中，慧皎可能想將他描繪成漢人認同的文人模樣，如《論語·子張》中所述：「君子有三變：望之儼然，即之也溫，聽其言也厲。」[93]換句話說，鳩摩羅什雖然看上去有距離感，實際接觸後就明白他其實溫暖平和，聽他講解佛法又感受到他的嚴肅認真。而在小說作家筆下，鳩摩羅什是否仍是史籍中神聖高潔、涵養深厚的譯經大師形象？還是呈現更通俗親切、平易近人的樣貌，跟一般人一樣也會有喜怒哀樂與七情六慾？他們會不會將自己對於鳩摩羅什本人與他所處時代的見解與詮釋默默地注入創作與改作當中？

《鳩摩羅什傳奇》（2011）與《鳩摩羅什傳》（2013）

《高僧傳》裡形容鳩摩羅什「為性率達」——性情坦率豁達。[94]靈悟的《鳩摩羅什傳奇》似乎特別放大了這一個性。他筆下的鳩摩羅什性格直爽剛強，甚至帶了些許武俠人物的豪邁乾脆，面對困境時，並不一味隱忍退讓，會直接將情緒表達出口。靈悟在敘述鳩摩羅什面對呂光逼

---

[92] 〔梁〕慧皎：《高僧傳初集》（臺北：佛陀教育基金會，2006），頁39-40。

[93] 李學勤主編：《論語注疏》（臺北：五南，2001），頁291。

[94] 〔梁〕慧皎：《高僧傳初集》（臺北：佛陀教育基金會，2006），頁32。

迫他娶妻破戒一事時，便以「剛烈」一詞形容他：

> 鳩摩羅什道：「不就是一死嗎？我鳩摩羅什難道
> 是貪生怕死之人？」鳩摩羅什的話很快傳到了呂
> 光耳朵裡，原以為幾番威脅就能叫他就範，沒想
> 到他的性格是如此剛烈。⑨

從這段描述裡，讀者不難推敲出靈悟對原文「什拒而不受，辭甚苦
到」⑯八個字的想像與重新譯寫。鳩摩羅什出身高貴，從小便不用向人
低聲下氣，因此面對無理強權威逼時，態度自是無所畏懼、錚錚不屈。

　　龔斌眼裡的鳩摩羅什則是文化象徵，是佛教史與文化史裡難得的天
才外國和尚，代表一種哲學思想與學問知識，認為他引進的佛學思維豐
富了中國傳統文化：「鳩摩羅什是古印度文明與華夏文明相互衝突與融
合的結晶，是兩種異質文化共同塑造了曠世高僧」。⑰

　　龔斌強化鳩摩羅什一個「外國人」身處異鄉以及被命運捉弄的無
奈。例如：他被呂光軟禁在涼州十七年，時間漫長，在弘揚佛法上卻無
所作為。《高僧傳》對此事的記載只有一句：「什停涼州積年，呂光父
子，既不弘道，故蘊其深解，無所宣化」。⑱龔斌在譯寫之外提出個人
看法：

---

⑨　靈悟法師：《鳩摩羅什傳奇》（北京：宗教文化，2011），頁197。
⑯　〔梁〕慧皎：《高僧傳初集》（臺北：佛陀教育基金會，2006），頁36。
⑰　龔斌：《鳩摩羅什傳》（上海：上海古籍，2013），頁306-307。
⑱　〔梁〕慧皎：《高僧傳初集》（臺北：佛陀教育基金會，2006），頁37。

羅什是徹底的不幸。十七年的漫長歲月，有幾回月缺月圓？幾多忍辱負重？羅什失去的實在太多，難以詳述。這一切，該歸咎於誰？一個不出世的天才，佛學造詣獨步天下，卻被俗人戲弄，無所宣化，這究竟是為什麼？唯一的答案是，命運！無從解釋的命運！不能預知的命運！無法控制的命運！冥冥之中的命運，是羅什悲劇人生的根源。[99]

這段文字包含了大量的問號與驚嘆號，不僅傳達作者對於鳩摩羅什受困處境的強烈同情，與史籍的冷靜筆觸也形成巧妙對比。記錄人物事件的歷史「原文本」，在讀者以自身經驗與想像力參與詮釋的過程後，轉化成充滿情感張力的「超譯本」。

對於鳩摩羅什的外國人身分與聰明睿智，龔斌將他與漢文化對比，加深他的「異族感」，強調他在寫滿殺戮權謀的中國歷史中的身不由己：

旁觀者羅什，對世事無能為力。其實，凡是落在權力之外的天才，幾乎都無法影響歷史的走向。即使偉大如孔子，很想參政，很想走近權力，然而很快就被逐出權力圈，只能以老師的身分終其一生，更不要說是西域的沙門羅什了……一個可有可無的外來和尚。一個失去自由的龜茲沙門……偉大的天才，受制於掌控生殺大權的武夫。武夫嘲弄智者、驅使智者、甚至迫害智者。

---

[99] 龔斌：《鳩摩羅什傳》（上海：上海古籍，2013），頁159。

這是中國歷史上屢見不鮮的現象。[10]

除此之外，即使鳩摩羅什才智過人，在面對統治者粗暴無理的對待時，他也只能無可奈何：

> 羅什口氣近乎央求：「大都督，此事萬萬不可！
> 世尊言：『寧可身內毒蛇口中，終不以此觸彼女
> 身。』貧道自七歲出家，割斷情慾已三十年，此
> 生終不觸彼女身。」[11]

不同於靈悟筆下的鳩摩羅什，性烈耿直，敢於對抗強權，龔斌的鳩摩羅什較為斯文溫和，同樣面對呂光威逼娶妻一事，他會試圖以理說服對方。

《七出刀之夢》（2011）

鳩摩羅什自身的跨文化身世背景，以及所處的多元文化時代——五胡十六國（304-439），提供了多重的創作與想像視角。依漢人史觀，這長達一百三十五年的時期為「五胡亂華」，但金光裕反對漢人的主觀認定，表示之後的隋唐盛世明顯受到胡人文化的激盪。[12]他認為五胡十六國時期是個「百花齊放、多元文化共存的時代」，雖然出現「割喉的血腥，卻沒有文化宗教種族之間趕盡殺絕，嚴重排斥異己的情

---

[10] 同前註，頁146-147。

[11] 同前註，頁116。

[12] 金光裕：《七出刀之夢》（臺北：大塊，2011），頁5。

況」。[⑬]凌美雪在《七出刀之夢》的相關報導裡便提到，小說背景會吸引人的原因在於多元文化：「西元四世紀的北中國，因三國時代的長期戰亂，塞外民族遷入，其種族、語言、文化的複雜性不亞於當時的歐洲。」[⑭]

在這樣的創作背景下，金光裕書寫了一名「胡族」與一名「外族」的故事：前者是擁有白種人血統的鮮卑人慕容超（383-410，南燕末代君王），後者是天竺與龜茲混血的西域和尚鳩摩羅什。這兩名「外國人」有個共同點：兩人皆是流離異鄉的貴族。在金光裕筆下，鳩摩羅什被形塑成影響慕容超甚深的精神導師。

鳩摩羅什是書中配角，在故事推展近全書三分之二處，才首次出場與主角慕容超相遇。正式出場前，他只存在於其他角色的口耳傳誦裡，身影相當神祕。透過書中不同角色的轉述，金光裕描繪鳩摩羅什傳奇的經歷，一步一步地向讀者傳遞他宛若精神導師般的形象——心靈沉靜、處事平和。例如：一直想將鳩摩羅什救回龜茲的佛女迦葉（鳩摩羅什之女，虛構角色）在與父親初次見面後，說了一段話，表示鳩摩羅什在逆境中的處之泰然：

> 他告訴我，他若一直在龜茲，只能澤惠一方一時之人，東來之後，雖然有這麼多的困阨，卻也能將眾多佛經譯爲漢文，如此傳道於眾方之人，傳之於千百代之人，這就是他的緣法。[⑮]

---

⑬　同前註，頁6。

⑭　凌美雪：〈建築人金光裕出版長篇小說《七出刀之夢》〉，《自由時報》，2011年12月21日，<http://news.ltn.com.tw/news/supplement/paper/548301>。

⑮　金光裕：《七出刀之夢》（臺北：大塊，2011），頁343。

這段話顯現出的鳩摩羅什不同於史籍中被困涼州的無奈與無所作爲。金光裕的鳩摩羅什平和淡定，在苦難中依然秉持信仰。在慕容超與鳩摩羅什正式碰面後，鳩摩羅什親自對慕容超說了一大段話：

> 慕容先生，如今你也只好隨遇而安，你身上帶了我所譯的《坐禪三昧經》的抄本，可見我倆有緣，我爲你念經這三天，試著和你心意相通，你年紀輕輕，竟然承擔著好幾代人的苦痛，我幼年時，以爲我自天上帶著智慧來到人世，但是若沒有經過人世的洗禮，你與生俱來的痛苦，和我以爲有的智慧都是虛假的……你且看我如何打坐，如何呼吸吐納，如何吃飯喝水，你要學會呼吸的每一口氣、吃的每一口飯、喝的每一口水，都是永恆，或許可以不受困頓災難的侵擾。⑯

金光裕在書裡，藉由鳩摩羅什本人與他所翻譯的兩本禪宗典籍，向慕容超（或是小說讀者）揭示在危難中堅忍自持的態度。

　　金光裕的鳩摩羅什是一位涵養內蘊的精神導師，安住在自己人生使命裡的哲人，歷經苦難，卻不顯悲愴，反倒憑藉精神信仰，專注於譯事中，正如他在書裡開口說的第一句話：「是送經人嗎？」⑰他將生命結束前的歲月全數投入在佛經翻譯上，彷彿自小學習佛法，便是爲了完成一路東行，將佛教的種子撒在漢土的任務。

---

⑯ 同前註，頁350。
⑰ 同前註，頁343。

《統萬城—高僧與匈奴王》（2013）

　　在金光裕以慕容超爲主角的《七出刀之夢》裡，鳩摩羅什是配角，扮演賢者良師的角色，爲主角指點迷津。在高建群的《統萬城—高僧與匈奴王》裡，鳩摩羅什是雙主角之一，象徵至善，對照代表至惡的赫連勃勃（383-410，匈奴末代王）。高建群利用旁白、獨白、對話、夾敘夾議等形式，爲舊時代裡的霸主與高僧打造新時代的形象。高建群以「歌者」形容自己的旁白角色，穿越時空，進入一千六百年前的歷史。在序章裡，「歌者」在五胡十六國的歷史迷宮裡迷路了，而後遇見一名「身披黃金袈裟、深目高鼻、胡貌番相的高僧」對他說：「我在等待一位面色憂鬱的行吟歌手……我已經等待了一千六百年之久，終於等到了一位能夠寫我的人。」⑱高建群將夢境想像與歷史眞實人物交織在一起，帶給讀者新的經驗感受，在探索鳩摩羅什的過程中，有著不同於閱讀傳統傳記的樂趣。

　　對於現代一般大眾讀者而言，鳩摩羅什宛如一則遙遠、模糊的故事，是一名活在歷史煙雲裡的外來佛僧。高建群在寫到鳩摩羅什於長安草堂寺譯經時，提出他對鳩摩羅什當時處境的想法，點出高僧在傳統傳記中，聖潔出塵的既定印象：

> 儘管處處受人尊崇，儘管光環籠罩，但是我們的
> 高僧並不快樂。那些偉大人物大都是這樣的，他
> 們走得太遠了，很難能有人與他們同行爲伴；他
> 們站的太高了，孤獨的靈魂在天的高處，清冷而
> 寂寞……後世的人們將像仰望一顆遙不可及的星

---

⑱　高建群：《統萬城—高僧與匈奴王》（臺北：風雲時代，2013），頁14。

斗那樣仰望他。[⑨]

但是這樣偉岸疏離的形象，讀者在閱讀時容易產生認同感嗎？在改寫鳩摩羅什時，高建群遇到這樣的問題：

> 以現有的資料能否讓這樣一個佛教巨人走出聖
> 殿，以通俗化、平民化的形象進入讀者視野，同
> 時又保持他一身的智慧、光潔與傳奇？[⑩]

顯然，高建群希望呈現給讀者的，不是宗教人士或學者眼裡那位神聖的高僧，而是一般大眾也會願意親近認識的鳩摩羅什。高建群將他對鳩摩羅什的想像與詮釋託付在創造出來的情境與改寫的故事裡，打造出不同階段的鳩摩羅什樣貌，希望在每個階段裡的他都具有「通俗平民」的特質，與一般百姓無異。簡單地說，高僧亦是凡人，跟一般人一樣，會有各種情緒，例如：易感、哭泣。

　　高建群似乎由史籍上記載的「篤性仁厚，汎愛為心」[⑪]延伸想像與改寫。高建群寫少年時期的鳩摩羅什，透過僧人的飲水戒律來描述他對生命本象的體悟。鳩摩羅什從河裡舀出一鉢水，注視之後，說出佛偈「佛觀一鉢水，八萬四千蟲」，了解到這眾多的水蟲，沒有分別、沒有例外，都在「進行著自己的生命故事」，各自走完各自的宿命過程，而

---

⑨ 同前註，頁236。

⑩ 李杉：〈三個統萬城〉，《西部網（陝西新聞網）》，2014年4月18日，<http://news.cnwest.com/content/2014-04/18/content_11023331.htm>。

⑪ 〔梁〕慧皎：《高僧傳初集》（臺北：佛陀教育基金會，2006），頁40。

這樣的體悟讓他「熱淚盈眶」。[12]儘管少年鳩摩羅什已經了解生命的歷程只是自然運行，無關喜悲，但他依然受到極大感動而眼眶泛淚。

　　在高建群筆下，成年的鳩摩羅什出現情感更加濃烈的樣貌。不同於世俗對出家人克制七情六慾的印象，他會抑制不住的哭嚎，宣洩家國淪陷時的悲愴與犯下色戒的懊悔。例如：在呂光攻破龜茲當日，鳩摩羅什以手遮面，大哭喊著：「血汗飄杵，生靈塗炭，國已不國，家已不家，這一切都是因為我呀！罪孽深重，罪孽深重呀！」[13]被呂光強逼破戒之後，他「捂著自己的臉哭了起來」：「我犯了姦淫之罪！我在褻瀆佛祖！我破戒了！」[14]老年的鳩摩羅什，隻身一人，常年漂泊在外，恐怕難免感到悲傷孤獨，於是會「其聲哽咽」，壓抑地哭泣，指著梧桐樹上的受傷天鵝說：「那就是行單影隻的我呀！」[15]辭世之前，他心境淒涼，涕泗縱橫地說著一生遺憾，感嘆一生的身不由己。他對國主姚興「老淚滂沱」地說了下列這段話：

> 我是一個凡夫俗子，一個永遠只能匍匐在大地
> 上，而不能像鷥鳥那樣飛翔的人。我知道我的命
> 運。當我十二歲的時候，母親耆婆帶著我遊歷月
> 氏北山，遇到一個羅漢，羅漢摸著我的頭說：
> 「倘若三十五歲時還未破戒，當大興佛法，度無
> 數人，有三百身〔三百次輪迴轉世〕，成為一尊
> 大佛也。若戒不全，此生充其量只是一法師而

---

[12] 高建群：《統萬城—高僧與匈奴王》（臺北：風雲時代，2013），頁150。

[13] 同前註，頁168。

[14] 同前註，頁174。

[15] 同前註，頁234。

已！」所以我僅是一名法師，或者用你們的話
說，叫做譯經家！……我不會再有輪迴轉世了，
我的這一生，僅此一生而已，油枯燈滅，也就結
束了！⑯

這段話譯寫自史籍兩處記事，結合「哀鸞孤桐上」的詩句與「至年
三十五不破戒當大興佛法」的預言。⑰不同於史籍中純粹記錄事件發生
的方式，高建群在史實的空白處填入個人詮釋，讓鳩摩羅什的獨白充滿
悲嘆的情感。

　　高建群創造了一些情節與場景，為這位歷史定位上神聖出塵的天
才僧人添染人性。他多情善感，即使在孤桐樹下看著弟子們在春日裡
曬經、藏經，也不禁觸感而「眼角有些濕潤」。⑱他不吝表達豐富的情
感，從少年時的「熱淚盈眶」、到成年後的「捂臉大哭」，乃至晚年的
「老淚滂沱」，都顛覆了一般大眾對僧人克制情感的固有想法。圓寂前
他對姚興說的話更是充滿濃濃的無奈，沒有一般大眾期待高僧該有的豁
達灑脫。對照高建群書寫鳩摩羅什的創作理念，作者將鳩摩羅什「去神
格化」，讓他從仰望彌高的宗教聖殿走下來，進入人間。高建群考量到
一般讀者的閱讀目的與需求，加強了人類情感的部分，畢竟閱讀通俗小
說是為了休閒與樂趣，而非道德說教。

---

⑯　同前註，頁344-345。
⑰　〔梁〕慧皎：《高僧傳初集》（臺北：佛陀教育基金會，2006），頁
　　32，39。
⑱　高建群：《統萬城─高僧與匈奴王》（臺北：風雲時代，2013），頁
　　343。

《不負如來不負卿》（2008/2015）

　　《統萬城—高僧與匈奴王》裡的歌者穿越時空，跟鳩摩羅什見上一面，說上二、三句話，《不負如來不負卿》裡的主角則是穿梭古今，與鳩摩羅什相識，參與他人生中有明確文獻記載的重要時刻。

　　《不負如來不負卿》誕生於大眾文化裡網路使用的普及。2007年夏天，小春在一次庫車（古龜茲）旅行之後，同年秋天便開始在晉江文學城網上（jjwxc.net）連載寫作，書寫的同時，獲得許多網友的意見與期許。挾帶大量網路讀者的關注與喜愛，大陸山西北岳文藝出版社在2008年將小春的網路文字出版成冊。2015年，小春根據原版完成改寫，重新由北京聯合出版社發行修訂版。2015年至2016年，小春將原版授權喜馬拉雅電臺（大陸音頻分享平臺），供讀者線上收聽。從2007年至今（2017年），《不負如來不負卿》透過線上寫作與閱讀平臺、傳統印刷出版，以及音頻媒體網站，不斷地由不同媒體管道將鳩摩羅什介紹給普羅大眾。

　　在這裡要特別提及，臺灣的希代出版社於2009年推出原版的繁體版本。雖然同樣是一套三本，但出版社特地在書名下各加一個詞，分別是「相識」、「相愛」與「相守」，讓讀者清楚知道每一本故事裡的戀愛進度。這樣的做法可以視為一種「翻譯」行為，繁體版（譯本）可能考量到言情小說市場的讀者需求與出版習慣，斟酌調整譯文，例如：為書名增加副標題，或者將原文裡的大陸用語置換成臺灣習慣的用字遣詞。除此之外，簡繁體的封面也大不相同。簡體版以書名置中，左側飾以簡單的桃紅色花卉圖案，以及字體大小僅次於書名的行銷文案「晋江原创网半年榜榜首·万千读者潸然泪下」，清楚告訴讀者這套書劇情感人，出自擁有高人氣的網路原創穿越小說。繁體版書名置左或置右，每一冊都只占封面的三分之一，剩餘空間是滿版的彩色手繪美女圖，風格唯美，讀者一看便知道是言情小說。

　　於是，閱讀鳩摩羅什變得輕鬆有趣。小春用言情與穿越故事重新包裝鳩摩羅什，交織史實與歷史空白，透過譯述與想像，創作出一個愛情歷史冒險故事：一名歷史系的女研究生藉由時光機器實驗，三度穿梭現代與五胡十六國時期，碰上少年、成年與老年時期的鳩摩羅什，與他相遇、相戀，進而成親生子。

　　言情故事中，俊男美女是必然的人設條件。漂亮的年輕女性穿越時空，回到歷史上某個真正存在或架空的朝代，遇上長相如同電影明星的男主角，談了一場偶像劇般的戀愛。所以小春筆下的鳩摩羅什必須具備如偶像明星般的身高與外貌，用現代流行語形容，就是「高富帥」：

> 如希臘雕塑般高挺的鼻樑，大而明亮的眼睛，長長濃濃的眉毛。淺灰色眼珠轉動時，彷彿能勘透世間的一切。他緊抿著薄薄的嘴唇，鮮明的唇型讓人心醉。他現在個子好高，肯定超過一八五。[19]

　　小春的鳩摩羅什成全了女性讀者對愛情對象的幻想，不僅獨特出眾，也得有七情六慾，與普通男子一樣，會想占有喜歡的對象。言情小說鎖定女性讀者，與男主角戀愛成婚是常見固定公式。讀者不難預料到，《不負如來不負卿》裡的鳩摩羅什當然也會跟一般人一樣有婚姻生活，生活裡也會有情人間的呢喃絮語。賈蕾表示：「當代女性的白日夢消釋了鳩摩羅什形象在僧傳文學中的孤寂與崇高。」[20]賈蕾的觀點可以這樣解釋：從僧侶傳記（如：《高僧傳》與《出三藏記集》）的角度來看，鳩摩羅什是仰之彌高的神聖人物，但小春在盡力保留歷史典籍裡的

---

[19] 小春：《不負如來不負卿》，卷一，（臺北：希代，2015），頁116。
[20] 賈蕾：〈論鳩摩羅什形象的世俗化演變〉，《浙江工商大學學報》，第133期（2015），頁20。

題材與故事之外，發揮更大的想像力來描摩、詮釋鳩摩羅什，摒棄道德教育，藉助精彩的情節與大量的對話，以好看、感人的愛情故事包裝這位宗教譯師，進而擴展讀者群，吸引歷史與宗教題材以外的讀者。

賈蕾在她2015年的文章〈論鳩摩羅什形象的世俗化演變〉裡，曾稍微討論在大眾文化裡形成的鳩摩羅什新形象。她認為對1990年代以後的文化產品（如：文學、影視、網路娛樂）消費市場來說，娛樂與抒壓效果是獲得消費者青睞的重要因素。[⑪]依她所見，《不負如來不負卿》能受到年輕讀者的喜歡，是因為這本書透過當代大眾文化流行的穿越題材來解讀歷史人物：

> 具有穿越能力的女主人公回到過去與具有歷史身
> 分的男性主人公產生刻骨銘心的愛戀。女主人公
> 洞悉歷史，以現代人的思維看待過去，又能以現
> 代科技改變戀人的命運。[⑫]

簡單地說，愛情滿足年輕女性對愛情的渴望與想像，而現代文明可以讓現代人在虛構的世界裡體驗到一種優越感。來自現代的女主角，不僅藉由現代知識與便利，預示鳩摩羅什日後的命運，開啟他向東方傳教的想法，也將現代物品（如：老花眼鏡、刮鬍刀）帶到古代，為他的譯經生涯與生活日常提供幫助。[⑬]除此之外，女主角更利用現代科技幫助鳩摩羅什處理難題。《晉書》曾記載，他為解決僧人仿效他娶妻納妾的行

---

⑪ 同前註。

⑫ 同前註。

⑬ 小春：《不負如來不負卿》，卷三，（臺北：希代，2015），頁153-154。

爲，「聚針盈缽，舉匕進針」——吞下整缽鋼針，折服鬧事的僧人。[24]女主角早已由史籍裡獲悉此事，便從現代帶來針形巧克力，讓他安然度過在僧團裡的信任危機。[25]此外，爲塑造言情小說男主角專一痴情的形象，小春讓女主角成爲鳩摩羅什的破戒對象，包含被迫迎娶的妻子與當眾向皇帝索取的宮女。在原版的《不負如來不負卿》裡，更讓兩人的兒子兩度穿越時空，藉助現代科技，製作出與父親長相相同的假人與無法燒毀的舌頭，然後將真正的鳩摩羅什帶到現代，與母親團聚。[26]

　　小春對鳩摩羅什的詮釋、譯述與創造，帶著濃厚的「粉絲（fans）濾鏡」，將他視作偶像，自動過濾他的缺點與不足。在修訂版裡，她大幅改寫原版劇情，設定女主角是熟知鳩摩羅什生平的「粉絲」，從小就「佩服」、「尊敬」他，視他爲心中嚮往的「男神」，還會背誦他所翻譯的《金剛經》，甚至無法聽到任何關於他的「負面評論」。[27]例如：在寫到鳩摩羅什與佛馱跋陀羅（西域佛僧）的爭辯，而導致後者被逐出長安時，小春特別在文末註解說明：

> 沒有任何文獻指明是羅什所爲，但有學者認爲是羅什背後授意……作者因爲對羅什的偏愛，所以讓羅什的弟子來組織驅逐。[28]

---

[24]〔唐〕房玄齡等：〈晉書〉，《國學導航》（2006）<http://www.guox-ue123.com/Shibu/0101/00js/093.htm>。

[25]小春：《不負如來不負卿》，卷三，（臺北：希代，2015），頁192-194。

[26]同前註，頁257-266。

[27]小春：《不負如來不負卿》，修訂版（上）（北京：聯合，2015），頁58-60，83。

[28]同前註，修訂版（下），頁203。

除此之外，小春的個人微博也會轉發粉絲的創意作品——自製秒拍視頻或動圖，利用電腦動畫將鳩摩羅什美化成動漫人物的樣子，再搭配音樂與從小說裡截取出來的經典文句，以視聽娛樂方式重現自己想像中的鳩摩羅什樣貌，完全迥異於傳統傳記中所附，由單色水墨勾勒出的道貌岸然高僧像。

結論

因為不同的目的、譯者背景與種種語境因素，翻譯可以追求信達雅，強調詳實，也可以秉持開放態度，透過改寫手段，與當代議題相呼應，或是得到譯文讀者的接受。以鳩摩羅什的譯經手法為例，雖然他的翻譯一向飽受學者批評有違忠實原則，認為他對原文任意刪略增添，但一直以來，他的譯本卻一直廣受民間歡迎。這是因為他將時代背景及譯文讀者納入譯經時的重要考量，配合普羅大眾的需求與當時的文字使用習慣，用語淺白精鍊。而後世對他的「操縱」——針對他傳記的編譯、改寫與創作，正可視作對他翻譯精神的呼應，將讀者與本土文化脈絡納入譯述與改作。

重新詮釋或改寫翻譯皆是讀者與文本互動交流的方式。在閱讀過程中，譯寫者難免會帶入自身偏好，或是受到當下所處的社會文化媒體氛圍影響，刻意或非刻意地操縱文本。這樣的操縱可能產生負面影響，讓人物出現謬誤、偏差，與真實產生距離或根本失真，但也可能帶來正面效果，透過不同傳播渠道與書寫種類，引起更多關注。當譯寫者的身分是粉絲時，可能有意無意地將個人對角色的愛護與崇拜，帶進個人詮釋當中；對角色的情感與熱情，更可能會吸引更多同好去喜愛該歷史人物、了解原作價值，願意進一步地探索歷史空白或被隱藏處，粉絲角度並不見得最真實，卻也可能無意中揭露更多真實。

　　眞正的鳩摩羅什只有一個，歷史的眞相也只有一個，但閱覽現代傳記與小說創作後，無論是譯述或改作，沒有兩個鳩摩羅什是一模一樣的。譯寫者與改作者在消化史料之餘，採取特定敘事角度加以想像，聚焦某歷史事件或人格特色，呈現出自己心中的鳩摩羅什。這些「鳩摩羅什」各有各的風格，或是神聖高潔、或是多情善感、或是淡定豁達、或是直爽無拘、或是浪漫專一，每一個「鳩摩羅什」不僅僅代表譯寫者對歷史空白未定處的想像與創造，也反映各自所屬的時代背景、書寫目的，以及出版方的考量與市場需求。

　　歷史紀錄的眞實與否不是這裡要探討的重點，何況史籍亦存在爭議。史觀也僅是一種詮釋，背後充滿許多操縱與角力，就像關於《史記》眞僞的懷疑未曾停止過，而《晉書》中關於鳩摩羅什當衆索女一事的眞實邏輯也令人疑惑。然而看似背離事實的論述，有時候反倒令讀者更願意接近被書寫的主角。第一次在課堂上安排「譯場」活動時，同時也簡單介紹了鳩摩羅什的生平經歷與譯經貢獻。在提及他娶妻納妾以及當衆向皇帝索討宮女的事件時，原本安靜的課堂上突然一陣騷動，學生的眼神充滿興味與好奇，迫不急待地在電腦上搜索鳩摩羅什的「八卦」。

　　對於一般讀者來說，閱讀的樂趣不見得是找尋眞相，而是可以引發對故事或角色的興趣，並從虛構的故事裡發現不同的理解與想法。譯寫者與改作者在閱讀原典時，推敲歷史情節、想像歷史人物的對話，刻劃該人物的形貌；讀者在閱讀過程中也進行著屬於自己的理解詮釋。譯寫者在書寫過程中創造出各有千秋的「鳩摩羅什」，譯本讀者也在閱讀裡建構出形形色色的「鳩摩羅什」。

　　編撰或重新翻譯一本史冊或一名歷史人物應該是一個動態的過程，不單單只是靜態的史實呈現。史籍（原作）中的題材應該要能持續地讓後人活用、重塑，成爲有生命力的新作（譯作）。史籍的經典位置自有其歷史價值，改寫或再創並不會貶抑原典，但重新譯寫可以更符合

時代需求，讓讀者更願意去探索那些未被明示的歷史情節與人物性格。對一般讀者而言，符合當下政治文化觀點或搭上時代流行趨勢的「超譯」，就像為他們在浩繁歷史的迷宮裡開個通道，而通道自會帶領他們走向另一個繼續探索的通道。一種譯寫可以衍生或延伸出另一種詮釋解讀，讀者按照譯寫者的指引方向或根據自己的判斷，感受著、摸索著故事的情節與人物。

如果一直沿用昔日的詮釋與觀點，那麼「千古風流人物」也只能繼續停留在「很久很久以前」。鳩摩羅什已逝世一千六百年，與他個人傳記相關的現存史料也固定有限，要挖掘新資料實屬不易。重寫他、改寫他、翻譯他、詮釋他、創造他，都有一定的歷史框架束縛，但如果無法吸引新時代讀者去重新認識他，或是讀者無法與史籍裡的他產生共鳴，那麼，他也只是靜態歷史裡的眾多人物當中的一員，也只是一鉢水裡的八萬四千蟲子之一罷了！無論更換多少時空，鳩摩羅什永遠都只是翻開《金剛經》內文第一頁上的一行印刷文字「姚秦三藏法師鳩摩羅什奉詔譯」，亙古不變，卻過目即忘，也許有一天會自經文裡消失。而新的詮釋與譯寫會「更新」早已作古的他，帶給讀者新的體驗，讓他與當代產生互動與連結，也讓他被不斷地傳播、延續、再生。

後　記

　　我喜歡知道學生的偏好與期待，然後斟酌放進課程裡，希望藉此引起他們的學習興趣。近日，他們喜歡的「妙麗」──英國女星艾瑪·華森（Emma Watson）因為《浮華世界》（*Vanity Fair*）2017年3月封面的大尺度相片而引起女權一事的熱議，時值她最新電影《美女與野獸》（*Beauty and the Beast*）上映，於是我在課堂上提供相關的新聞報導內容，請他們就此事件為題，以時事通訊（newsletter）方式譯寫作業，當作改寫理論的實作。心裡忍不住猜想，他們應該會輕輕帶過嚴肅的「女性主義」（feminism）議題，轉而把焦點放在較為輕鬆的電影或是其他他們自己感興趣的部分。作業結果與我的假設完全相反，他們認真地在性別議題上著墨，進而延伸、開展出不同面貌，電影反而成了「小配菜」，甚至完全略過不提。這個預測落差讓我「重新發現」（rediscover）他們的學習潛力，對他們有了新一層的認識，所以「代溝」其實也會帶給對方學習與成長。

　　回到課堂上，我喜歡不停地問學生「什麼」與「為什麼」──「那你（們）怎麼看待這個做法？」、「為什麼你（們）這裡會想這樣翻譯？」、「為什麼你（們）覺得這樣處理比較理想？」、「你（們）在翻譯過程中的考量是什麼？」等等「為什麼」的問題，而往往在他們回答之後，我又就著他們的看法繼續向他們提問。其實我從不需要他們提供「正解」，只想要他們習慣思考、聆聽與表述自己意見就好。

　　我不斷地問學生意見，是希望他們參與討論，我並不需要他們振筆疾書，埋頭寫筆記。有一次上課，也許是在介紹某個翻譯理論，從白

板上轉回頭，發現他們都很認真地低頭抄寫，我忍不住開口說：「不用抄啦！忘了就算啦！我們又不考試。」他們猛地抬起頭，睜大眼睛盯著我，似笑非笑，好像我說了什麼不該說的話。當時他們「呆萌」的表情，現下想起仍令人忍俊不禁。我只是純粹認為，用心思考與討論比專心抄筆記重要多了。

於是，往往學生給我的回饋意見是這樣的：

> 「她會丟許多的問題來問學生，這是我一開始感到很不習慣的地方，她對於所提出的問題，沒有所謂的『標準答案』，而是會問我們為什麼會如此回答，並且尊重我們的意見，畢竟大學就是要培養獨立思考的能力。」
>
> 「這堂課，我可以試著講出自己的想法，就算我的思考方式非主流，但是只要能提出理由說服老師，一樣能得到老師的讚賞，這樣真的讓我有受到鼓勵。」

這些意見其實都表示著他們不喜歡在學習這件事上被強設框架。但是誰又喜歡被強力規範、嚴格操控？學習的興趣與動機只有在自發的狀況下，才有可能長久維持，不是嗎？所以我總提醒他們，我只是一個站在講臺上工作的人，我的看法只代表我的立場，不要把我的說法當唯一的答案，他們絕對可以持不同意見，包含他們彼此之間。

價值觀的差異在每一個文化、每一個家庭、每一間課堂、每一種人際關係裡都存在。要銜接歧異，甚至學會欣賞不同，大概是透過彼此傾聽吧。傾聽並不必然代表認同或接受對方意見，但至少可以學會彼此尊重，並因而得到更寶貴的學習與成長。面對臺下的眾聲喧嘩，就如同翻譯理論領域裡的百家齊鳴，近看或許調性迥異，遠觀卻像萬花筒裡的同

一批彩片，映照出源源不斷的趣味。

　　翻譯課上的他們體現了「實踐社群」（community of practice）的精神，互相分享知識與經驗，發揮各自的專長與創意，共同想出解決問題的辦法。無論是在小組之內或組際之間，同儕之間彼此學習，給予對方回饋（feedback）與前饋（feedforward）。這點在「譯場」的活動裡特別明顯。他們自己決定翻譯主題、自己分配工作任務職責，面對觀眾的提問、疑惑與反對意見，自己學著解釋、論辯或說服對方。同時，觀眾也不吝對翻譯團隊的作業表示讚賞或提出改善做法。有時候翻譯團隊與觀眾就某一翻譯觀點或做法爭執拉鋸，雙方依然展現自信與能力說明自己的看法，即使始終意見相左也願意聆聽與尊重對方，不會一聽到他人的反對意見或不同做法便感到難堪或退縮。

　　起初動筆寫這本書時，是想引導學生投入翻譯理論的學習，而這一路上，卻在他們身上發現許多令人驚豔的“serendipity”。藉著〈後記〉回想與學生一起上課的小小片段，謝謝年輕的他們總是非常敬業地以「交稿子給客戶」的心情呈現他們專業的「翻譯產品」，讓我讚嘆不已。他們願意格外用心地做作業，應該可以解讀成他們對翻譯這堂課是感興趣的吧。謝謝他們總是帶給我無數的驚奇與思索，讓我在翻譯教學的工作上，一直保持好奇心、一直充滿新鮮感、一直樂於接觸新事物。我帶著他們認識翻譯，他們帶著我認識新的世代。

國家圖書館出版品預行編目資料

翻譯理論：學習與思辨／廖佳慧著. -- 初版.
-- 臺北市：五南, 2017.08
　　面；　公分

ISBN 978-957-11-9268-0（平裝）

1.翻譯學

811.7　　　　　　　　　　106011149

1XOF

翻譯理論：學習與思辨

作　　　者 ― 廖佳慧(333.12)

發 行 人 ― 楊榮川

總 經 理 ― 楊士清

副總編輯 ― 黃文瓊

主　　　編 ― 朱曉蘋

編　　　輯 ― 吳雨潔

封面設計 ― 陳亭安

出 版 者 ― 五南圖書出版股份有限公司

地　　　址：106台北市大安區和平東路二段339號4樓

電　　　話：(02)2705-5066　　傳　　　真：(02)2706-6100

網　　　址：http://www.wunan.com.tw

電子郵件：wunan@wunan.com.tw

劃撥帳號：01068953

戶　　　名：五南圖書出版股份有限公司

法律顧問　林勝安律師事務所　林勝安律師

出版日期　2017年 8 月初版一刷

定　　　價　新臺幣320元